享阅读·浸书香

——周口市优秀读书家庭故事

李佳◎编著

中国财富出版社有限公司

图书在版编目（CIP）数据

享阅读 · 浸书香：周口市优秀读书家庭故事 / 李佳编著. — 北京：中国财富出版社有限公司，2020.12

ISBN 978-7-5047-7318-0

Ⅰ. ①享… Ⅱ. ①李… Ⅲ. ①传记文学—作品集—中国—当代 Ⅳ. ①I25

中国版本图书馆 CIP 数据核字（2020）第209552号

策划编辑 郑晓雯 李小红 **责任编辑** 齐惠民 李小红

责任印制 梁 凡 **责任校对** 张营营 **责任发行** 董 倩

出版发行	中国财富出版社有限公司		
社　　址	北京市丰台区南四环西路188号5区20楼	**邮政编码**	100070
电　　话	010-52227588 转 2098（发行部）		010-52227588 转 321（总编室）
	010-52227588 转 100（读者服务部）		010-52227588 转 305（质检部）
网　　址	http: //www. cfpress. com. cn	**排　　版**	宝蕾元
经　　销	新华书店	**印　　刷**	天津市仁浩印刷有限公司
书　　号	ISBN 978-7-5047-7318-0 / I · 0320		
开　　本	710mm × 1000mm 1/16	**版　　次**	2020 年 12 月第 1 版
印　　张	13.5	**印　　次**	2020 年 12 月第 1 次印刷
字　　数	187 千字	**定　　价**	45. 00 元

让周口飘满书香

每个人的人生

应该是“读万卷书，行万里路”的人生

热爱读书

是美好理想本身

更是实现理想的路径

让我们从《道德经》《千字文》中品味书香、阅读文明

让我们从唐诗宋词中欣赏中国古典诗词的高雅、灵动

让我们从《时间简史》《大国之路》中感受科技、阅读未来

让我们从《钢铁是怎样炼成的》中学会坚持、坚强与坚韧

从全市公共图书馆供读者免费借阅到节假日向读者开放

从汽车图书馆到遍布城乡的馆外借阅点

从少儿经典诵读大赛到优秀读书家庭评选
从节假日图书馆门前排起的长队到座无虚席的阅览大厅
从购置新书到把智慧图书馆列入中心城区十件民生实事
我们建设书香周口的步伐是那么坚定

人人皆爱读书
便组合成一个个书香家庭
当每个爱读书的家庭会聚在一起
便成为书香之城

让读书成为每个人的生活习惯吧
让读书成为家庭、社会的共有风尚吧
让读书提升个人和城市品质、厚度与精神
让读书活动遍布每个城市、村镇
让书香绽放出一座城市的无限魅力
氤氲出城市最美的文化底蕴

让我们优美的读书声在时光长河中长久地飘荡着
这是人世间最美的音律
也是我们周口未来的希望
让我们为阅读点赞
为文明起舞
为书香周口歌唱

这是我为2018年周口市庆祝世界读书日专题文艺晚会写的一首诗。诗中饱含深情地对周口市近几年读书活动的开展进行了歌颂。我曾经有个梦想，以传记文学的形式出一本书，展现周口市七届优秀读书家庭读书学习的故事，以及出生在周口的优秀人士读书奋斗的故事。目的是用生动、感人的故事，树立读书、学习、成才的典范，在全市形成热爱读书的文明风尚，让每个周口人爱上阅读，用知识改变命运，用知识涵养人生；让读书成为一种生活方式，建设书香周口、学习型周口，使周口成为书香之城。

感谢中共周口市委宣传部将本书定为周口市文艺精品创作工程重点项目，使本书得以顺利出版。

参与本书编写、为本书提供素材和资料的人员有毕雪静、何延成、钟祥、李纪龙、范云峰、尹红勇、宋风、吴继锋、朱保彰、侯俊豫、徐启峰、张猛、杜少华等，对他们的辛勤付出深表感谢。

是为序。

李　佳

2019年11月26日

目录

书事滋味长

——毕雪静家庭读书故事

书卷多情似故人

与书相伴的日子，回忆起来都是幸福的。

毕雪静的女儿还不识字的时候，每天天不亮就会扯着她清亮的嗓门说："妈，赶紧起来读书。"

如果毕雪静没有早自习，就会赖床，哄女儿说："今天该你给我讲故事了。"

女儿就很开心地打开书，有模有样地指着书上的字，咿咿呀呀地说起来，该翻页了就把书摊在床上，费力地翻过去。女儿讲的故事毕雪静没记住，但女儿倒拿着书抑扬顿挫"读书"的样子却历久弥新，现在她想来还觉得可爱又好笑。

女儿上学后，毕雪静基本上不用操心，只负责每周去一次书店就行了。女儿读书很勤奋，读得快，刚买的书往往还没到周末就读完了。女儿巴巴地望着书架，盼望着快点读到新书。

因为喜欢读书，女儿的成绩一直很好，求学路一帆风顺，且生活能力强，有主见，有规划，很少让大人操心。女儿考大学那年，报考了西南大学和华中师范大学的自主招生，自主招生学校的评委被女儿洋洋洒洒、情真意切的自荐信打动了，后来女儿又凭借出色的口才和清晰的思维通过了面试。现在，女儿已经在省城上班，读书仍然是她日常生活中的一部分。

毕雪静的女儿大学学的是外语，所以读的外文图书比较多，但留在家里的书还是中文的多，有专业书，有名著，也有近些年出版的新生代作家写的书。可惜由于搬家次数太多，有些书或丢了或损坏了，还有一些，女儿捐给了贫困山区的小学。如今书架上的书多是近几年买的。

如果说女儿小时候是毕雪静领着她读，那么现在则是毕雪静跟着她读。女儿在图书馆读到好书就会给她打电话，然后买来送给她。现在她们家已经养成了把书当礼物送的习惯，凡属于毕雪静的节日，比如教师节、妇女节、生日，还有一些纪念日，女儿都送书。

女儿不但自己读，还带着弟弟读。那时候毕雪静上班忙，晚上八点以后才回家，家里没有人照看孩子们，毕雪静就把他俩锁在屋里再出门。回家看见他们读书的读书，写作业的写作业，所有的担心都消散了，有心疼，有愧疚，更有欣慰。

儿子读高三的时候，偷偷读了《追风筝的人》《雾都孤儿》《双城记》，还把《百年孤独》读了两遍，虽然占用了复习时间，但大学仍然考上了一本院校。毕雪静开玩笑说，如果不是读闲书，儿子就有时间刷题，可以考重点了。儿子反驳说，如果不是读书，理解能力就上不去，大学都不一定考得上。

现在，女儿上班了，儿子读大学了，他们美好的人生已然开始，值得骄傲的是爱读书的习惯没变。儿子说，睡前不读书心里不踏实；女儿说，不去图书馆心里不踏实；毕雪静说，听到你们读书的消息，我最踏实。

书是药，可医愚；书是帆，助远航。爱书的人内心丰富而安静，有书的家富裕而温馨。很庆幸，他们能与喜欢的书相遇、相伴。

流光容易把人抛

毕雪静从小喜爱读书，却偏偏出生在一个没有任何书香传承的家庭里，家里没有一本书。当时不要说是书，就是报纸也难得一见。为了读书她常常绞尽脑汁。

有一年正月里，毕雪静去走一家远房的亲戚，在亲戚家竟破天荒地看到了报纸。那年月，农村人每逢过年都要糊墙——用一张张旧报纸贴在土炕的墙上，称其为“墙围子”，常年的烟熏火燎已使得贴在墙上的报纸起皱发黄。毕雪静扭着脖子（因为报纸是倒着贴的），眼睛几乎贴着墙，她一个字一个字去读上面那些像蚂蚁一样小的文字的时候，亲戚笑着提醒她说：“小心读坏了眼睛。”

除了看书，毕雪静还会帮家里干些零活。八九岁时，一个冬天的中午，母亲正在厨房擀面条，让她烧火。她一边拉风箱，一边看报纸，也不管灶膛中的火是明是灭。面条下锅，需要大火的时候，她竟然忘了加柴，面条在锅里就是漂不起来，母亲气得用手里的筷子朝她头上敲了一下，她赶紧抄起一把玉米秸秆往灶膛塞，情急之下，又塞多了，面条已熟，火还正旺，母亲只好把面条全部舀到瓦盆里，往锅里添了些凉水……那顿饭她吃得津津有味，母亲却气呼呼地端起碗到外边吃去了。

毕雪静被取消烧火资格也是因为看书。农村过年是大事，尤其蒸馒头是一件很重要的事。常常是一两家联合起来做，一来大家可以互相帮忙，让繁重的工作变得轻松；二来可以节省人力物力，蒸笼案板不必家家有。蒸馒头是个技术活，以毕雪静母亲对她的了解，她能做的只有烧火。

对于这个光荣而艰巨的任务，毕雪静开始是很走心的，也得到了母亲的肯定。但架不住时间长，从早上九点到下午四点，中间也没有休息，毕雪静渐渐疲倦了，她觉得就这么烧一天火实在是浪费时间。趁姐姐洗馏布的时候，她跑回屋里拿了一本书，那是一本《野火春风斗古城》的小人书，是她替同学打扫教室卫生后得到的报酬。

毕雪静刚开始看的时候，还没忘记烧火的事，但是看着看着，她就进入故事了，不由得为奇袭敌人司令部的男女主人公捏一把汗，为金环的牺牲流泪。之前都是她自己掌握时间，一直都没问题，后来因为看书，她忘了时间，最重要的是她忘了添柴。等到母亲想起来的时候已经晚了，那锅蒸馍，一个个也都气得拒绝发育，铁青着脸，砖头一样硬，拿起来可以打狗。

如果在平时，可能也算不上大事，但因为是过年，中国人凡事都讲究好彩头，馍气死了，就不仅是浪费粮食的事了。毕雪静少不了挨一顿打，而且她母亲再也不信任她了，以后过年，她会因各种理由被打发到现场外，母亲图的是眼不见为净，她倒乐得清净。至于她吃不吃午饭母亲顾不上问，她也不提，饿了自会到厨房里寻吃的。

日子真的很奇妙，有时候觉得它很慢，像小桥流水，绵延悠长；有时候又很快，星移斗转，稍纵即逝。在看不见摸不着的日子里，毕雪静读书的习惯已经养成。

那时读书是因为孤独、自卑，毕雪静是姥姥不疼舅舅不爱的老二。她姐姐不但长得好看，而且头脑活泛，嘴巴像抹了蜜，不但是家里的宝贝，也是村里人见人爱的小精灵。弟弟就更不用说了，即使一身毛病也不影响他成为家里的“小皇帝”，更何况他是一个乖巧伶俐的小男孩呢？

毕雪静渴望被关注，别的地方不行，她就在学习上下功夫，没有人喜欢就在书里找安慰。物资匮乏的年代，乡下孩子的读书梦很难实现，买不上书，就租小人书看。有一年春节，家住黄泛区农场的姑姑回娘家，礼品篮上盖着一张报纸，虽然油汪汪的，她还是喜滋滋地拿起来，跑到一边津津有味地读起来。因为这个事，她被母亲和姐弟笑话了好长时间——毕雪静看见的不是篮子里的油条，而是盖美食的报纸，拿走的不是美食，而是报纸！

母亲常为毕雪静担心，觉得她读书读傻了。毕雪静针线活不但不会做，连兴趣都没有，母亲怕她将来嫁不出去，嫁出去了也会被婆家人嫌弃。母亲开始有意识地让她在假期学纳鞋底，她不听，就偷偷跑到姑姑家，说是表姐想她了，实际上她想去表姐家看看有没有好看的书。

可惜，表姐不是爱读书的人。

很快，毕雪静就找到喜欢读书的人了，是她们村的喜玲。喜玲的爷爷是戏班掌柜，爸爸是戏台上的男主，哥哥是老师。她家有很多书，《源氏物语》和《镜花缘》就是毕雪静在她家读的。

一个暑假，天正热，绿正浓，风若有若无地穿梭其间。她们约定上午 10 点以后开始读，午饭时间有一个小时，到下午五点钟，天凉快的时候就各自帮家里干活。说是干活，其实主要是割草喂羊喂猪，她们不是一个队的，地当然不在一块，但她们会把找到的草多的地方告诉对方，目的是在割草的时候讨论书里的故事和下一步计划。喜玲比毕雪静开悟早，读什么书和在哪个时间读都是她说了算。

不管物质上如何匮乏，精神上还是充实的。读书累了就学唱戏，穿大人的衣服，袖子长，可以当水袖甩来甩去，咿咿呀呀唱自己不懂的戏文；或者爬上喜玲家茂密的樱桃树捉迷藏，玩累了就接着看书。

最难忘的是读《水浒传》第二十八回。

武松被刺配到 2000 里外的孟州。路上，其实他是有机会逃跑的，他却把松开的行枷重新带上，把封皮贴上，一步步投孟州来。

但凡初到配军，须打 100 杀威棒。武松既不去送人情，也不肯求饶，只大声大气地说“都不要你众人闹动。要打便打，也不要兜拕。我若是躲闪一棒的，不是好汉。从先打过的都不算，从新再打起！我若叫一声，也不是好男子！”“要打便打毒些，不要人情棒儿，打我不快活！”

管营替他开脱，问他路中可曾害什么病，武松不领情，反而犟嘴说路上不曾害病，酒也吃得，肉也吃得，饭也吃得，路也走得。

等到关进牢房，其他囚徒看他没有吃杀威棒，反替他担忧，告诉他这绝非好兆头，想必要置他于死地，还活灵活现地形容塞七窍的死法叫“盆吊”，用一袋黄沙压身上则叫“土布袋压杀”。不料武松听了最感兴趣的，居然是想知道除此两法以外，还有没有第三种。等管营送来美食，武松把那酒一饮而尽，把肉和面都吃尽了。

武松那一饮一食真是潇洒！人把富贵等闲看，生死不萦怀。相信命运也站在自己这一边时，才能达到这种不在乎的境界，才能耍这种高级的天地也奈何他不得的无赖。

这几段比大家熟知的景阳冈打虎那几段有趣多了。武松打虎，只能证明他当时是非打不可的，不打，就会被老虎吃掉。倒是这一回，做了囚徒的武松，处处透出洒脱的英雄骨气。

这几段真的越看越喜欢，高兴时看，不高兴时看，得意时看，失意时也看。觉得自己也是黑松林里的一条好汉，大可天不怕地不怕地过他一辈子。

没有阳光的时候，书便是阳光；没有欢乐的时候，书便是欢乐。书里有多么完美自足的世界。

锦瑟年华谁与度

毕雪静高中的时候，疯狂地迷上了交笔友，和天南地北的文学爱好者书信往来，聊文学，谈人生，每月一封的是汕头笔友的来信，而且都是航空信。大家都以为她早恋了，班主任还把她叫到教室外，说了一番语重心长的话。毕雪静不解释，也不想放弃，因为他们真的是在聊文学。她从他那里知道了卡夫卡和艾略特，他们在聊到“你是雪中的小屋，我是通向你的第一行脚印”时充满憧憬与感叹，她不认为“春天来了，我却无芽可发”就是情诗，也不认为“谁能在我跌倒的路上，种一株止痛的花”就是暧昧，她认为青春本身就是一首诗，在诗一样的年龄就应该谈诗写诗。

疯狂的代价是成绩迅速下滑，除了语文课上老师会宽容毕雪静偷偷看书之外，其他老师都觉得她必将被书所误。她高二的语文老师刘云超，先肯定读书的好处，又说高考的残酷，跟她谈了一节晚自习。她哭了一个晚上，痛定思痛之后，决心要为高考努力了。

考上了大学，正像刘老师说的那样，毕雪静有了更多的时间，更多的书可以读。大学教会了她怎样看书，从以前的为了看而看，到现在的喜欢看而看。她想，即便在读大学的几年，没有专业上的发展和学业上的进步，单单是这一点，就足够让她欣慰了。

读大学的时候，毕雪静最喜欢去的地方就是图书馆。刚开始，她并没有明确的目标，看到喜欢的书就拿去读，后来开始关注一些名家经典，才知道自己想看些什么。毕竟经典的东西一定有自己独特的地方，它一定能给你带来不一样的东西，而且很多时候，一部经典作品会激发你更多的兴趣，启示你去读更多的书籍，找到自己的兴趣。

大二的时候，毕雪静开始迷恋三毛、席慕蓉和汪国真。因为手头拮据，只买了三毛的《万水千山走遍》和《谈心》，其他的都是借来读，一遍又一遍读，读到热血沸腾、两眼发光，她终于知道自己想要的生活是什么样子了。得知三毛自杀的消息时，她正站在教室外的走廊，无论如何都不愿相信，哭着写了一首《给三毛》：

那个在撒哈拉孤独跋涉的身影／已凝成永不凋谢的风流／那踏遍万水千山的足迹里／留下了亘古不灭的真情／洒脱的你／又一次洒脱地丢下／还未学会洒脱的人／从此，那个披着长发的沙漠女子／那个声称要看护好自己的唐人后裔／只留给世界一声叹息／你送的那匹马累了／躺在我沉沉的记忆里／化成梦里花落知多少的呓语／我不是稻草人／知道今夜会有凄凉的泪滴／谁能告诉我／要经过怎样的修炼／才能从容地走过自己。

没错，很多句子是借用三毛作品的名字串起来的。

读到席慕蓉和汪国真的诗，她都会抄下来，不但抄原诗，还抄别人的评论，有时还会仿照着写诗，把写的诗工工整整地抄在一个软皮本上，在封面上写上“雪的梦”，从心里把它当作自己的一本诗集。可惜搬家次数太多，摘抄本还在，毕雪静的诗集却不见了。

毕雪静没有成为诗人，但至今喜欢纯净的文字，至今愿意做一个有诗心的纯净的人。网上常说，你读过的书和走过的路都会写在你的脸上，她深以为然。

大学毕业后，同事们问毕雪静第一个月的工资怎么花，当时她的第一反应就是买书。于是，她到县城里的新华书店买了尤金·奥尼尔和罗曼·罗兰的书。后来因为数次搬家，这些书都不知道哪里去了，但是买书的习惯却保留下来：领了工资去买书，领了稿费去买书，过生日去买书。后来，她的孩子们渐渐长大，也会在各种节日里给她买书。现在，毕雪静的书已经满满几柜子了。

文学的力量在于对人类精神世界的塑造，在文学的世界里，每个人总能找到另一个纯真的自己。

毕雪静也不知道自己是怎样从一个自卑封闭的少女，变成了一个万事随和、内心安静的淑女的，她想，这里面不单单是岁月的赠予，更有读书所带给她的精神上的奖励。

天光云影共徘徊

毕雪静在孩子小的时候，读过许多育儿书。卢勤的《写给年轻妈妈》她读过很多遍，她自己也写了一篇同名文章发表在《周口日报》上。

都说男孩子淘气、不好养，为了让儿子爱上学习，毕雪静想尽了各种办法，陪着他读了很多书。印象最深的是儿子上小学四年级的时候，毕雪静觉得儿子很聪明，如果不好好开发就是资源浪费，于是每天给他布置任务：背一首诗。从《唐诗三百首》开始，毕雪静计划是读完唐诗背宋词，接着是元曲。结果在一个月后的一天早上，毕雪静实在憋不住，想给儿子加任务，因为他每次不到两分钟就能搞定。她开始试探着给他说："要不咱们再背一个？"他白了她一眼，不作声。她又夸又哄，想让他再背一首，被他看穿了。他不说话，沉着脸拿起书，走进自己的屋子。门被插上的那一刻，毕雪静知道有不好的事情要发生了。任她在外边如何安慰、道歉、解释，儿子都不开门。大约过了半个小时，他才把门打开，也不理她，转身坐在床上。毕雪静一眼就看到了成了碎片的《唐诗三百首》，已经在垃圾桶里了。她看看他，又看看书，没有说话，还是给他道歉，然后走出他的房间。毕雪静知道，如果读书带有功利性，把读书当作任务去完成的话，别说是孩子，就是大人也会反感。

当然，也有开心的时候，就是毕雪静在和女儿聊天的时候。平时她们都忙，星期天才可以在沙发上随意聊天，聊着聊着，她发现女儿的思路特别清晰。女儿的语言表达能力让她非常震惊，常常在女儿说完一句精彩的话之后，她赶紧让女儿停下来，然后快速把女儿说的话记下来。这样一周几句，一个月十几句，一年就是上百句。她把女儿说的话编成《颍川语录》让女儿看，女儿十分得意。

后来为了让孩子们读书写作，毕雪静故意在他们过双休日的时候，拿出自己写的文章让他们帮忙录入电脑，美其名曰他们打字快，她又比较忙。就这样，他们愉快地接受了任务。毕雪静印象最深的一次，是女儿录完她写的《陪读记》，又写了长长的评语，她发现女儿的评语比她的原文还要长。她知道孩子的表达能力和思想深度已经超过了她，这让她十分欣慰。

如果说开始读书是因为自己喜欢，那么后来读书是为了教育孩子，为孩子做榜样，再到现在大家都爱上了读书。毕雪静觉得这是她最值得骄傲的事儿，也是最幸福的事儿。所以当毕雪静一家被评为“周口市优秀读书家庭”的时候，她在朋友圈写下这样一行字：这是我最看重，最值得骄傲的荣誉。

毕雪静觉得教师是博览群书的人，一肚子学问教给学生才是没有误人子弟，后来她如愿以偿成了教师。

站到讲台上，她常常会忘了自己是在课堂，云里雾里扯到下课铃声响起，才惶惶然不知所措。好在学生们也习惯了，他们总会认真完成作业，交上让人满意的答卷。毕雪静讲过什么，大部分她自己忘了，学生也忘了，但总有一些内容是他们念念不忘的，那就是作文课上她给他们讲过的精彩语段，都是文学作品里的。

后来毕雪静开始学习诗词写作，其实是为了讲好诗词鉴赏课。起因是学生私下里告诉她说：“老师，你讲的方法很好，答题模式也没有问题，问题是我没有听懂。”想想吧，毕竟高考试卷里古诗词鉴赏占 11 分左右。

很幸运遇见了市诗词学会的段文会长，毕雪静开始重新做小学生，认真读他推荐的诗词理论著作。最开始读的是王国维的《人间词话》，一边读一边做批注，遇到不懂的就打电话问先生，用了大半年时间终于读完了，书上密密麻麻写满感悟。

后来又读俞陛云的《诗境浅说》和《词境浅说》，知道了词之高下全在意境。后来遇见了叶嘉莹先生，毕雪静把她的《人间词话七讲》和《唐宋词十七讲》又翻看两遍。

毕雪静的诗词写得未必好，但她已经知道什么是好，以及好在哪里。过去她是照着参考书或者参考答案去讲诗词，现在，她可以很自豪地说，她是站在“门里”讲诗词，她会告诉学生古人的风雅，古诗词的写作套路。知道诗词里写了什么，怎样写的以及为什么这样写之后，对学生们来说，诗词鉴赏题已经不成问题了。

遇见木心，是因为陈丹青。毕雪静领着学生阅读传记文《陈丹青访谈录》，里面提到《文学回忆录》，其中有一句话不理解，她就用百度检索，于是她不仅看到了这本书，而且“认识”了木心。

闲暇的秋日早上，风呼啸着穿过窗户的缝隙，雨任性地敲打着窗上的雨搭。毕雪静躺在床上开始看《文学回忆录》，没想到读起来就放不下了，窗外早已无风无雨，她对木心一见钟情。

毕雪静一开始读就知道木心是高深莫测的，读木心的文章不能一目十行，她常常读一会儿就得停下来，因为太绝妙了，一时消化不了，她得品了再品。她读得很慢，每天一讲，圈点勾画的很多，有感悟的时候总感觉一支笔不够，最好有十支。她在读的时候，会觉得木心在远远地看着她笑：黑礼帽，黑风衣，大围巾，长柄雨伞，精神矍铄，目光如炬，面带着微微笑。

木心似乎就应该在雨天读，听雨读木心，木心的话会像雨丝一样落进心湖，泛起圈圈涟漪。

木心说：此乃断言，无须论证，不求赞同。毕雪静喜欢他的霸气。

木心说：文学是药，只管内服，不可外敷。她把木心当成一味医愚的药。

木心说：《红楼梦》中的诗，如水草。取出水，即不好。放在水中看，好看。对这样的评价，她五体投地。

木心是个好老师，每介绍一位文学家，多半会顺便简要描述一下此人的性格、脾气、家世、人生轨迹，甚至相貌、亲属关系等，让那人活生生地站在了她面前。他用妙语串成精美的项链，读的人不仅看到了珍珠，还看到了项链。有些幽默，有些调皮，有些谦虚，有些霸气。有时她会笑，有时会沉思，有时会拍案叫绝。她知道，木心在远方看着她，他知道她是认真的学生。

霜降的时候，毕雪静读完了十九世纪英国文学，小孩子一样的拜伦在木心眼里就是捣蛋的美少年，要多可爱就有多可爱。她忽然觉得木心和拜伦有太多的相似点：美少年，书痴，纯粹的独立，至性，至心。木心更可爱，他深不见底，有看穿一切的能力，幽默，机智，眼冷心热。他说，忧来无方，窗外下雨，坐沙发，吃巧克力，读狄更斯，心情又会好起来，和世界妥协。极妙！以后可以试试。他说，哈代是真正的大家，温和，沉得住气，有大慈悲，是耶稣心灵的一部分，重内在。他说，佩特文体美丽，这本应是文学的菜单，结果菜单比菜美丽。他说，赫胥黎的文章很好很好，完全是文学家在那儿谈科学。

他总是用最简约的语言道破它们好在哪里，常出其不意妙语连珠，令人有醍醐灌顶之感。他说，老庄哲学是务必深究的，诸子百家是可以了解的；《唐诗三百首》是必须研读的，唐人传奇故事是推荐阅读的；莎士比亚是仅次于上帝的人；哈代是可以让人崇拜到绝望的；巴尔扎克是前不见古人后不见来者的；读陀思妥耶夫斯基是一件终身大事；托尔斯泰处处是艺术；惠特曼是纯然的自然之子；福楼拜是真正的大师……

毕雪静读得目瞪口呆，感觉人类文学史真是风起云涌，蔚为壮观，高山仰止。

毕雪静喜欢他把自己放在与先贤平等的地位去点评，“别的法国前辈，我总有意见——蒙田，我要嘲笑他头脑硬，膝盖软。卢梭，我认为他对他的《忏悔录》应该从头忏悔。罗曼·罗兰、纪德、萨特，那就更不留情。但孟德斯鸠我不愿说他，这样的人太少有：明朗，平衡，通达，纯良。”

他的观点通常都引人深思，“找好书看，就是找个制高点。”“不能太早做浪子，要在宗教、哲学里泡一泡。”好像在听一个淡然而又饱含着内敛激情的长者娓娓而谈。

他时时爆出生动幽默的语句。他说，夏敬渠“学问太好……因为做不了官，一肚子知识放进书中，把文学撑死了”。

他说，“我都为古人难受。他们遍体鳞伤，然后微笑着，劝道：‘可要小心，不要再吃亏。’”

他的古意，他文字中的优雅、含蓄，让人沉醉。木心像一种植物，在宇宙中静静地生动开放。

越是读到后面，越是有依依不舍的心情。他洋洋洒洒地讲，把古今中外，全都道了个遍也毫不怯场，笑着和各个文学大家称兄道弟。就像梁文道所说的那样，斩钉截铁，不解释，不道歉，不犹疑。

毕雪静想，木心伏案写作时，心里一定贮着一炉艺术檀香，缓缓燎着，漫出来，散开去，浸透纸背，每一行字才蕴含着那种熨帖的香气。古典的幽香与现代的俊俏拌在一起，不分彼此，阅读时，贵族的意味从四面八方溢过来，但又没有贵族的浮华之气。

别的作家，你看了文章说好，会说得出哪里好。木心的文章看了，只觉得好像两个人遇上了，一个迫不及待地对另一个说，这句，还有这句，你看……然后就再说不出什么了。这好，是分享不得的。你读到了，体会到了，也就被安慰到了。

于毕雪静而言，读木心最大的感受，有震撼，有敬佩，就像电影结束之后，全场灯亮，环顾四周时那种怅然若失的感觉，像大梦初醒，如重生为人。

一想到木心先生已经去世了，她就很难过。但想到他从来没有背叛过自己，就像他自己希望的那样，左手绘画，右手文章，把文学当信仰，完成了一场流浪，心里就又有了安慰。

也许，他的书、他的话还活着，他就会一直活着吧。

毕雪静读了《文学回忆录》之后写了一段读后感，标题是《微笑的叶子》。

不要抱怨读书的孤独，也不要人云亦云盲信“读书无用”。孤独是因为没有看到书里的天光云影，无用是因为读得少，读得浅。知道为什么读书之后，乐趣就多了。

毕雪静现在已年过半百，已经很清楚往后余生该读什么书了。喜欢写字的人最终都要写出自己的风格，风格的形成靠的是厚积薄发。

此日中流自在行

毕雪静喜欢过鲁迅，也是为了教学，买了《鲁迅杂文全集》。她不止一次把木心的《文学回忆录》推荐给朋友，也曾经十分疯狂地喜欢过余秋雨，而且还自作多情地给余秋雨写了封信。当然，这封信没有发出，因为实在不知道余秋雨在哪里。后来，她又喜欢上了周国平，他的《妞妞》读得她潸然泪下。再后来，她又非常喜欢贾平凹，他的书她读了又读，读完再抄精彩语段，抄完再背。再后来，喜欢新疆作家刘亮程和李娟，喜欢上海作家潘向黎，他们的书她都是成套买的。

曾经有一段时间，毕雪静特别迷恋《诗经》，在喜马拉雅订阅了《林栖品读〈诗经〉》，又买了《诗经》国学典藏本，边听边写读书笔记。因为喜欢《诗经》，她喜欢上了《诗经》里的植物和鸟儿，又买了几本关于草木的书，准备把它们写成文章，可惜到现在还只是一些零零散散的札记和日记。

高考结束后，毕雪静买了一本岳麓书社出版的《红楼梦》，字很小，看着很吃力。每当她忘情地沉醉在书中的时候，她母亲常常恨恨地说，眼都成那样了（那时她眼睛近视的度数已经到了500度），还不知道歇歇，还读那么小的字。她母亲为她担心，毕雪静虽然知道，但读书已然成瘾。为了逃避母亲的监督，她看书更隐蔽了。有的时候是晚上在被窝里打着手电筒看，有的时候是躺在床上偷偷看。哭了很多次，恨了很多次，放下又拿起很多次。究竟读了多少遍《红楼梦》，她自己都不知道。后来学习写诗词的时候，再看《红楼梦》里的诗词，又多了几分感触，更敬佩曹雪芹文学功底的深厚。

这些发现和收获，让她突然有了一种感觉，感觉看到两块巨大的拉在一起的幕布中间，透出外面照进来的一丝细长而明亮的光，这光让人有一种想要伸手去拉开幕布一探究竟的欲望，自然，外面是耀眼的、满天的、刺眼的光。毕雪静知道这光就是众多巨著汇聚而成的光。她想，每个人都会和她一样，一旦尝到甜头，就会有想要拉开幕布的欲望。我们会通过自己的亲身经历来学习和成长，但很多时候，一旦经历了，我们是没法回到从前的。我们可以通过别人的故事，来思考自己的人生，成为自己喜欢的样子，像《渴望生活——梵高传》《月亮和六便士》《源泉》等。《源泉》中的两位主人公，完全不一样的性格，完全不一样的人生，那么，我们自己要选择什么样的人生呢?

毕雪静想引用杨绛先生的一句话："一个人不想攀高就不怕下跌，也不用倾轧排挤，可以保其天真，成其自然，潜心一志完成自己能做的事。"其中的"倾轧排挤""保其天真"正是两位主人公完全不一样的生活选择和生活态度。所以，毕雪静说她需要通过这些有意思的小说去感触，自发地去思考，有想法了，有方向了，你，就是你自己了。

生活中有迷茫之时，与自己认为的高人沟通确实是个不错的方法。

但很多时候你会感觉，见面不易，时机不好把握。更何况，在你不能给别人带来快乐或价值的前提下，别人未必愿意腾出时间，所以，最好的方式就是读书。

玛雅·安吉罗曾经说过：“人们也许会忘记你说过什么，也许会忘记你做过什么，但是人们不会忘记你带给他们的感受。”正是父母的养育、老师的教诲和伟大的阅读带给我们的感受，改变着我们的人生。这种感觉，无论是男人还是女人都会永远铭记。

读书会让我们看见更大的世界，读一本书，读一本好书，你会得到谁也夺不走的财富。肉体终会消亡，但书中的精神世界，是永垂不朽的。时代越来越进步，生活越来越忙碌，选择越来越多，唯有读书，读好书，才会让我们不再迷失。

毕雪静想引用这句话作为结尾：“如果你没有这种经验，那么让我告诉你，对某些人（如我）来说，阅读一本好书，让自己沉浸在文字与思想的趣味中，是种无与伦比的幸福。”

读书，让他的家庭书香满溢

——何延成家庭读书故事

何延成的家庭在千千万万个家庭中并不起眼，然而在提倡全民读书的今天，在一本本书籍的浸染中，爱读书的他和爱读书的家人一起，让他们这个小家处处都弥漫着书香。这也让何延成不由得回忆起他们家读书的故事。

童年篇：
书是钥匙，它开启了何延成的智慧之门，使他枯燥无味的童年，因有书为伴而幸福。

孟德斯鸠说，喜欢读书，就等于把生活中寂寞的辰光换成巨大享受的时刻。何延成就是这样一个在读书的环境中享受幸福和快乐的人。他出生在20世纪50年代，1962年上小学，上到小学五年级时，就开始了“文化大革命”。当时的情况，在学校已经不学习文化知识了，每天都是学习《毛主席语录》和“老三篇”(《为人民服务》《纪念白求恩》《愚公移山》)。学校要求每位同学都要熟练背诵这些文章。何延成是全班第一个会背的，当他熟练地背诵这些文章时，受到了学校老师和同学们的夸奖和鼓励。为此，他还被学校评为学习毛主席著作先进个人，不仅上台宣讲先进事迹，还被奖励了一本《毛主席语录》。这种荣耀对一个小学生来说，是很受用很让人骄傲的。

其实，早在这之前，他就对读书产生了浓厚的兴趣。记得是上二年级时的一个暑假，何延成的母亲每天会给他5分钱当作零花钱。当时的一根冰棍售价是3分钱，看小人书薄一点的是1分钱一本、厚一点的是2分钱一本。冰棍的诱惑对那时的小孩子来说是巨大的，然而为了看书，他放弃了吃冰棍，拿着零花钱去看小人书。他感觉看书的时候是最幸福的，这5分钱的零花钱能让他愉快地在书本里度过一个上午。一本本配着文字和画面的小人书，讲述着各种英雄人物和那个年代的战斗故事，让童年的他为之痴迷。

在那个物资紧缺的年代，买书是很奢侈的事情。谁手中有一本新的小人书，在伙伴们中的地位会马上得到提高，大家得排队说着好话才能轮流看。当时，何延成最希望的就是有一本属于自己的小人书，但他家的经济条件不是太好，父母的工资也不高，他就抽空捡废品，用卖废品的钱买小人书。他到现在还记得，他用卖废品的钱买的第一本属于自己的小人书是《一支驳壳枪》。这本小人书讲的是一个老地主私藏了一支驳壳枪，被一个小孩发现了，后来这个小孩与老地主斗智斗勇把驳壳枪找了出来，并让这个老地主受到了法办。这本小人书的定价是0.15元，这对当时的小孩来说已经是天价了。当他和几个小朋友用卖废品的钱一起去买这本书的时候，大家都非常兴奋，几个小朋友轮流看了一下午。

那是个文化饥渴的年代，公开发行的书籍除了《毛泽东选集》和一系列政治书籍，再就是《艳阳天》《金光大道》等几部小说。何延成邻居家有个比他年龄稍大一些的哥哥，从别处先后借来了《迎春花》《苦菜花》《青春之歌》《林海雪原》《红岩》等一大批优秀作品，这些书都成了何延成的精神食粮。邻居大哥白天要去上班，他就趁大哥上班时，到大哥家里看书，一直看到大哥下班回家。由于当时年纪小，不懂得保护眼睛，再加上屋内光线不好，何延成成了近视眼。

上中学时，由于何延成学习成绩好，当上了学习委员。他主动向老师要求当班级图书管理员，这样他就可以近水楼台，先挑自己喜欢的书看了。这种优先选书的特权，让他感觉到非常幸福。他记得当时看了一本《科学家谈21世纪》，该书共25篇文章，是由李四光、华罗庚、茅以升等知名科学家和研究所的研究人员或大学教授写的。当他看到这些科学家们描写的二十一世纪的美好生活时，感觉不可思议，如果成真，那将来的生活一定非常美好。果不其然，书中描写的很多事情现在已经实现了，甚至超过了预期。

除了科普书外，他看得最多的是小说。让他特别感动的小说是《钢铁是怎样炼成的》，这部小说是当时苏联作家奥斯特洛夫斯基在全身瘫痪、双目失明的情况下完成的。1920 年，当了红军的奥斯特洛夫斯基在战斗中受了重伤，由于受伤过重和忘我地工作，再加上接连得了伤寒和风湿，奥斯特洛夫斯基的身体状况坏极了，最后，他只能长期躺在病床上。虽然疾病使他不能动弹，眼也看不清楚，但他认为自己还有健康的大脑和双手，还可以去运用新的武器——写作，对祖国做出贡献。经过两年多的艰苦劳动，战胜了无数难以想象的困难，奥斯特洛夫斯基最终完成了这部伟大的作品。

这部作品感动了无数人，也感动了何延成，而保尔的名言“人最宝贵的是生命，生命对于每个人来说只有一次。人的一生应该这样度过：当他回首往事时，不会因为虚度年华而悔恨，也不会因为碌碌无为而羞愧”一直鼓励着他，鞭策着他——不虚度光阴，珍惜时间，尽可能活得充实。

成长篇：
书是阳光，它照亮了何延成的人生之路，
帮他冲破了重重困难，实现了人生理想。

读到高中的何延成，有了自己的思想和认识，对高尔基的“书籍是人类进步的阶梯”有了更为深刻的理解，体悟到读书的人总比不读书的人更愿意感悟人生，改变现状，勇于追求，不断进步；读书的人总比不读书的人更有见识，站得更高，看得更远，更能克服苦难不再彷徨。抱着这一信念，高中毕业、不满 17 岁的何延成离开了郑州大都市，来到 1000 多里外的信阳市固始县张广庙公社下乡锻炼，成为知青队的一名成员。

这里没有火车，大部分人都没见过火车，公社也没有发往县城的班车，去趟县城需要跑 40 多里到邻近的公社坐班车，所以有很多人一辈子连县城都没去过。那里的生活是非常艰苦的，特别是三秋大忙时，早晨天不亮就要下地割水稻，下午将水稻打成捆，挑回到场里。每一捆稻百十斤重，从稻田挑到场里，要走二三里路，为了防止稻粒掉落，中间不能放下来，要一直走。晚上还要将场上的稻子打好，一直干到半夜，第二天早晨还要接着干，一连干十多天。

何延成是共青团员，由于表现好，责任心强，领导就让他放牛。放牛就是每天将牛牵到野外的荒田里，让牛吃草，这活儿相对来说算轻的，但也非常辛苦，要有很强的责任心，晚上要起来给牛喂草，即便是冬天，外边下着大雪，也得出去给牛弄草。在何延成的精心饲养下，他们青年队的牛长得很健壮，公社每年在冬季牛膘评比中都是最好的。由于表现好，领导让他当上了饲养班的班长、共青团小组长。下乡的第二年，他就被评为公社和县知识青年先进个人。

在夏季，每天都要牵着牛到外边吃草，外出时何延成就带着书和收音机。牛吃草时，他就可以看书了，有时看书着迷了，牛跑得没影儿了，他也没有注意，回过神后还要跑着去找。他这样的生活在当时青年队中算好的了，大家都非常羡慕。读书虽不能带给他更多的财富，但可以带来更多的机会。记得在下乡后，有一年公社粮库收购水稻时，因为时间紧，任务急，公社粮库就让他们青年队抽人去帮忙。领导看何延成喜欢学习，文化水平高，就让他过去帮了半年忙。在粮库帮忙，虽然比较忙，但伙食好，经常可以吃上肉。这在物资匮乏的年代，对大多数人来说是一件多么好的事，经常有青年队的知青朋友去找他蹭饭，改善生活。这也算读书学习给他带来的机会吧。

当时，农村也没有什么可读的书，何延成就看报纸和杂志，学习下乡时带的高中课本。后来，他让家里给他寄了一些学习材料，并让家人给他买了英语广播教材，这样他就可以跟着广播学习英语了。他边放牛边听收音机学英语，这为他后来参加高考打下了很好的基础。

1977 年，党和国家为了培养人才，决定恢复高考。1977 年 10 月 21 日，各大新闻媒体发布了恢复高考的消息。这对十年没有考试的广大青年来说是一个好消息，何延成记得他们青年队有 7 个人报考。为了让青年们有一个好的学习条件，公社高中办了个学前辅导班。他们就到公社去听课，但公社离青年队有七八里路，来回也不方便，公社领导就让公社卫生院给他们腾了一个大的病房做寝室，没有床，就把稻草铺在地上。即使是这样的条件，他们也没有感到苦，大家都忘我地学习。每天早晨天一亮就起来学习，看书看到半夜，晚上停电熄灯后，大家自己点蜡烛学。从得知恢复高考的消息到参加考试，他们复习的时间仅有一个多月。

1977 年 12 月，何延成和全国 570 多万考生一样进入了考场，参加我国唯一一次冬季高考。何延成经常看书读报，为这次考试打下了良好的基础。他曾经看过著名作家冰心写的《瞻仰毛主席纪念堂》，而高考的作文题中有一篇是《我的心飞向了毛主席纪念堂》，曾经读过的那篇冰心的文章对他写作文有了很好的启发作用，写作文时他一气呵成。写完后，又检查了一遍错别字和标点符号，一个小时的写作文时间，他 40 多分钟就完成了，提前 15 分钟交了卷。当时，监考老师提醒他不要提前交卷，再检查一下，再写一些，何延成说他写完了，写好了。于是，他成了考点第一个交卷的学生，也给监考老师留下了深刻的印象。第二天，监考老师告诉他，他的作文可能是整个考场写得最好的。高考成绩出来后，他的语文成绩是 70 多分，这在当时就算不错的了。

第二天下午考政治，经常读书看报的何延成，对当时的政治形势比较了解，所以在考政治时，并没感觉题目有多难，两个小时的考试时间，他又提前半个小时交卷了，还是考点第一个交卷的。他的政治也考了 70 多分，语文和政治两门加起来就将近 150 分。但数学和理化因“文化大革命”没有学习多少，基础太差，考得不是太理想，高考总分考了 186 分。当时录取只看总成绩，不看单科成绩，只要总分数够就可以录取。何延成记得录取他的学校录取分数线是 180 分，政治和语文的考试成绩对他上大学起了关键作用，他幸运地成为“文化大革命”后恢复高考的第一届大学生中的一员，他们有了一个响亮的称号——“七七级”。当时，他们公社参加高考的考生有 150 多人，被大学录取的仅 3 人。一时，何延成在当地引起轰动，成了当地名人，青年队的领导说：“你们赶上了好时候，一毕业就是 23 级干部，我工作了一辈子才成为 23 级干部，你们只要能毕业就和我平起平坐了，一定要珍惜上学的机会。”

考上大学后，又是一个新的开端。他们班有 45 个同学，大家来自不同的地方、不同的岗位，年龄差距也很大，最小的是应届毕业生，才 16 岁，最大的是老三届，已经 33 岁，孩子都上小学了，他们戏称最大的老三届是父子同上学。考上大学后，大部分人都松了一口气，因为当时毕业包分配，不用操心工作的事。所以很多人对学习不上心，认为只要考试及格能顺利毕业就行。有些人上完课，就上街玩、看电影；有些人到图书馆，却不是学习，而是看小说。何延成班上有个同学毕业时，说他自己在上学期间把学校图书馆的小说看了个遍。

何延成入校后，就想着自己绝不能虚度这么好的学习时光。他们上的是高等专科学校，何延成计划要考上研究生，取得更高的学历。有了这样的目标，他坚持每门功课都认真学，除了学好课本上的知识，他还经常到校图书馆阅读最新的科技杂志，了解最新的科研进展。考研的难点是英语，这个大家都知道，他下乡时自学过一段时间的英语，也算是有一定基础了。上大学后，他更加刻苦地学习英语，除了上好英语课外，还自学了《英语九百句》《许国璋〈英语〉》等教材，为了练习听力，他每天都坚持跟着收音机学发音。由于学习努力，他的英语取得了很好的成绩，在毕业考试时英语得了 96 分，这在他们系是最好的成绩了。

通过三年的学习，何延成掌握了扎实的专业知识。毕业前，他找了一份研究生入学考试的卷子，自己进行了模拟考试，然后把卷子交给任课老师批改，老师批改后很是惊讶。因为他们是三年制专科学校，而考研的试题对于上四年本科的学生来说也是不容易的。老师鼓励何延成毕业后，一定不能放松学习，要继续努力，争取考上研究生。

成就篇：
书是罗盘，它指明了何延成前进的方向，
让他在人生实验场上，迈上了人生新高度。

有人说，书是阶梯，能帮助人们登上理想的高峰。何延成对此深有体会。1980 年他大学毕业后，被分配到了当时的周口地区农科所工作。虽然科研工作很忙，但他没有忘记他的理想，在工作之余，一直在继续复习功课，准备考研究生。他每天下班后都坚持学习，晚上学习到 11 点，节假日也在寝室攻读课程。冬天天冷坐不住，就跑到单位培育种子的大棚温室里看书；夏天蚊子非常多，为了防止蚊子叮咬，他就抹上驱蚊水看书。同时，为了加强英语学习，他每天准时听收音机的英语广播，提高自己的英语水平。1983 年和 1984 年他连续报考了研究生。1984 年，在所有报考研究生的学生中，何延成是唯一一个专科生，考了第三名，与第二名仅差三分。当时，录取的研究生非常少，一个导师只能带一到两个研究生。所以，他没能被录取。但他的专业课成绩都及格了，而且英语考了 64 分。当时大多数人的英语不好，所以英语不是以 60 分为及格线，而是按当年的考试情况定合格线。当年的英语合格线是 48 分，作为一个专科生，他能考出这样的成绩，已经是相当好了。后来，何延成报考研究生的指导老师，也是当时河南农学院的教授专门给他写了一封信，肯定了他的成绩，并鼓励他继续考他的研究生。但当时何延成已经 30 岁了，算是大龄青年，家庭和社会都认为到了这个年龄应该结婚成家了。

结婚后何延成有了孩子，有了安逸的生活，事业也稳定了，这样的生活让他放松了，没有继续再考研究生。这对他来说是这辈子最大的遗憾，也对他以后的工作生活产生了很大的影响。特别是晋升高级职称时，专科生必须按破格才能晋升，晋升的要求比本科毕业生高很多。所以，他在晋升高级职称时比同条件毕业的本科生晚了好几年。因此，他希望现在的年轻人，眼光一定要远一点，不能在年轻时图安逸、不进取，要创造条件，尽可能读更多的书。

何延成虽然没有考上研究生，但通过不断的学习，提高了知识水平和科研水平。在学习的过程中，他掌握了科技前沿知识，这为他之后的科研工作提供了很好的帮助。

何延成先后从事小麦栽培研究、花生育种和栽培研究及科研管理工作，他作为主持小麦栽培研究项目的科研人员，先后开展了小麦低产变中产综合技术研究、晚播麦综合增产技术研究、晚播麦的生育特点及增产技术措施研究，这三项研究获河南省科学技术进步三等奖。

1994 年，根据工作需要，何延成作为花生课题项目主持人开始花生育种和栽培研究工作。在人员少、资源缺乏、经验不足的情况下，对农科所的花生育种进行了开创性的工作。他不懂就学，或买或借了很多专业书籍、刊物进行学习，并多次外出学习先进技术，从外地引进好的资源，开展了花生杂交育种、辐射育种等育种方法的研究。为了加快育种速度，还跑到海南开展对花生后代育种材料的南繁加代，通过不断努力，他先后主持培育出 5 个花生新品种，其中花生品种周花 2 号 2005 年通过河南省品种审定委员会审定，结束了周口市没有自己育成花生品种的历史。周花 2 号综合性状优良，实现了高产、大果、早熟、多抗等性状的有机结合，其脂肪含量在同类品种中名列前茅；在各级试验中，比对照增产显著，展示了较高的丰产潜力；全生育期 115 天左右，早熟性好；在省区域试验和省生产试验中表现出较强的耐涝耐瘠性，在河南省秋季雨水较大的情况下是较理想的花生品种。为加快新品种推广速度，他和种子生产、经销单位联合，使科技成果尽快转化为现实生产力，2005—2007 年累计推广面积约 292 万亩。新增荚果产量为 6920.4 万公斤，新增经济效益为 31833.84 万元，该项研究获 2008 年周口市科技进步一等奖。

周口市的花生多年来产量一直不高，除了品种原因外，主要是配套的花生栽培技术研究不够，以及栽培管理粗放。为了研究出花生配套的高产技术，自 2002 年开始，他还进行了花生的高产栽培技术配套、组装技术研究，形成了适合周口市夏花生高产的综合栽培技术规程，创造了周口市花生高产的历史纪录。通过技术培训、现场示范，激发了广大农民的科技热情，提高了农民应用新技术的积极性，加快了新品种、新技术的推广速度，促进了成果转化，推动了花生生产的发展。这项栽培技术 2006—2008 年三年间累计推广 212 万亩，累计增产花生 6360 万公斤，新增经济效益 2.54 亿元。“夏花生高产、高效规范栽培技术研究与应用”研究项目获 2009 年周口市科技进步一等奖。一个人连续两年获市科技进步一等奖，这并不多见。

在认真搞好科研工作的同时，何延成每年都组织或参与科技下乡服务“三农”活动，亲自到农村第一线，指导农民农业技术，并参加周口广播电台“三农”服务热线专家讲座，向基层干部和广大农民群众传授农业科技知识。这对提高农民群众的科学种田水平和农业增产、农民增收起到了较大的促进作用，为周口市的农村奔小康做出了较大的贡献。

何延成还作为项目主持人先后承担多项国家和省级科研项目，如“国家和省花生区域试验和生产试验”等项目。由于对试验精益求精，保证试验质量，试验结果准确，他多次被评为省花生区试先进个人。

何延成作为主持者或参与者的科研项目先后获省科技进步二等奖 1 项、三等奖 3 项，市级科技进步一等奖 4 项、二等奖 8 项，还有其他科技成果奖 10 多项。他还先后在《世界农业》《中国农业科技通讯》《中国种业》《农业科研管理》(现改为《农业科技管理》)等国家和省级学术刊物上发表科技论文 40 多篇，由于论文学术水平较高，其中有 10 多篇被评为周口市自然科学优秀学术成果奖，其中一等自然科学优秀学术成果奖 6 项。由于取得的科研成绩比较突出，何延成先后晋升为高级职称副研究员、研究员，并在 1996 年被评为周口地区优秀青年科技人才，2008 年被评为周口市科技先进工作者。此外，何延成还先后在 2003 年、2008 年、2013 年被评为第五批、第六批、第七批周口市专业技术拔尖人才，一个人连续三次获得这个荣誉称号，这在周口市并不多见。

生活篇：
书是雨滴，它温润滋养了何延成的家庭，
让他的家庭和谐美满，书香满溢幸福家。

西塞罗说，书籍是少年的食物，它使老年人快乐，也是繁荣的装饰和危难的避难所，抚慰人的心灵。书是洒落在人们心田里的甘霖，使心灵滋润、家庭和谐。现在就说说何延成的家庭吧。

何延成的妻子王平，高中时学习成绩也不错，但因为种种原因没能上大学，结婚后，她还想读大学，何延成就鼓励并支持她继续学习。她报考了当时的河南农学院函授大专，报名时她已经怀孕，孕期反应特别大，不停地呕吐，吃不下饭，但她仍然坚持复习功课。白天上班，晚上复习高中知识，最后，她以优异的成绩考上了河南农学院函授专科班。上学期间，她一边工作，一边照顾家庭和孩子。每年的暑假期间，她都要到郑州的河南农学院进行面授，第一年孩子小，她就带着孩子在郑州一个亲戚家借住，白天让亲戚帮忙照顾孩子，上完课回来自己还要照顾孩子。第二年，孩子稍微大一点，再到郑州参加面授时，她就把孩子放到了农村的母亲家，让孩子的姥姥帮忙照顾。为了学习，她放弃了很多，通过三年的努力，她终于以优异的成绩毕业了。努力就有回报。因为当时的人才少，政府出台政策，“五大”毕业生可以转干部，她毕业后刚好就赶上了，并且没多久就由工人转为了科技干部。成为一名科技人员后，她靠自己的努力，继续学习，不断钻研，先后获得市科技进步一等奖2项、二等项4项，在国家级和省级学术杂志上发表科技论文8篇，顺利地晋升为农艺师、高级农艺师，从一个普通的工人成长为一名优秀的农业技术专家。

在每一个家庭中，孩子的未来，关系着一个家庭、一个家族的未来。教育孩子让何延成深刻体会到良好学习习惯的养成是多么重要。女儿从小就喜欢听故事，何延成抓住这一点，在她很小的时候，就买了很多少儿读物，有意识地给她讲故事。懵懂的她很好奇书中怎么会有这么多好的故事，渐渐地，女儿对看书有了兴趣。为了方便女儿听故事，在家庭比较困难的情况下，何延成夫妇攒钱给她买了个录音机。王平把每本书的内容都录了下来，在女儿睡觉前用录音机放给她听。女儿还不识字的时候，为了能让她自己看书，王平就有意识地培养她识字。王平花了几百块钱买了一套识字培训教程教她，上街时就教她认广告牌、路名等，这样潜移默化，她在上学前已经认识几百个字了。上小学后，由于对读书有了兴趣，她开始阅读《皮皮鲁和鲁西西》《舒克和贝塔历险记》等儿童读物，再大一些就开始阅读四大名著和世界名著等。后来，何延成专门给她办了一张图书馆借书卡支持她看书。何延成出差时，也会特意买一些适合女儿看的书带回来。

女儿上大学以后，除了学习自己的功课外，也开始学习其他技能，开始考各种证书，先后考了大学英语六级、导游证、英语导游证、教师资格证、普通话证等。2007年年底，她为了去北京新东方学韩语，过年都没有回家。上大学时，她喜欢上了心理学，参加工作后她连续去北京、郑州等地学习心理学，不断地去听、去探索、去实践。同时，她还在书本中不断地提升自己，先后考了创业培训证、心理咨询师证、沙盘游戏导师证，并晋升为中级职称讲师。现在，她除了保持自己英语专业的日常学习和练习以外，读的更多的是关注心灵成长的书，以便从书中汲取养分。

何延成对女儿的学习是非常支持的。女儿上北京等地学习，学费加上车费和吃住的费用，每次都要好几千元，但他从不心疼，买书、买资料他也都是非常支持的。前些年，家庭条件不是十分好时，他和爱人宁愿在吃穿上省一些，也要支持女儿学习和读书。女儿和何延成一样，也喜欢去图书馆，喜欢图书馆那里的学习氛围，每逢节假日，他们一家都不怎么外出游玩，而是到图书馆学习充电。

何延成感觉读书是一种享受，在单位他喜欢读书是出了名的，单位的图书馆是他经常去的地方，除了到实验地搞科研外，基本上都是在图书馆读报、看科技期刊，了解最新的科研动态。碰巧的是，他后来到了单位科研处工作，正好负责抓单位图书馆工作，这样，他就有更多时间在单位图书馆了。每次出差开会时，别人有空闲了就去逛商店、景点等，他则利用空闲时间上当地的图书馆看书，上海、苏州、郑州等大城市图书馆都留下了他的足迹。河南省新华书店和郑州市新华书店是他经常光顾的地方，每年用于买书的费用就有好几百元。这点女儿和他很相似，俩人都喜欢读书和买书，他俩的书柜里堆满了书，而且书桌上、床上和床头柜上放的也都是书。为了充分发挥这些书的作用，何延成把一些看过的书捐赠给周口市图书馆，先后两次把一部分少年读物、四大名著、世界名著和一些科技书籍共 200 多本捐赠给周口市图书馆。女儿也把她的日语学习教材、旅游书籍，还有很多社科类的书捐赠给图书馆，让更多的人受益。

除了买书外，在智力投资上何延成也是毫不心痛。在 20 世纪 90 年代初期，为了学习电脑知识，他想买一台电脑，但那时电脑的价格是一万多元，只有单位才买得起。当时他们的家庭收入每月还不到 1000 元，他咬咬牙花了近 2000 元买了当时较流行的裕兴电脑学习机，利用这个电脑学习机，他们夫妻二人学习了电脑的基础知识，最主要是两人都学会了五笔输入法，这是在当时只有专业打字员才会的输入法。掌握了五笔输入法，对他们的工作和生活起到了很好的帮助作用。后来家庭经济情况刚有好转，他就买了电脑，到目前已经更新换代三台电脑了，不仅如此，他还为女儿买了笔记本电脑。何延成认为智力投资是最好的投资，是收益最大的投资。

2016 年退休后，何延成有了大把可以自己支配的时间，他每天都去图书馆看书，节假日也去。有人开玩笑说，他比图书馆的工作人员去得还勤。除了出去旅游外，在家的时候，基本上每天上午和下午他都到市图书馆看书，主要看报纸，了解国内外的一些大事。他还喜欢摄影，经常看一些有关摄影方面的报纸和杂志。鉴于何延成喜欢读书，并通过读书取得了丰硕成果，2016 年他的家庭被周口市图书馆评为“优秀读书家庭”。

还有一件事值得一提，2018 年他在图书馆看书时上卫生间，在抽水马桶的水箱上捡到了一个钱包，他立即将钱包交到了图书馆二楼办证处。何延成和工作人员一起打开了钱包，想看看有没有失主的信息，发现钱包中有人民币 2000 多元，还有一些不知是哪个国家的外币，以及 6 张信用卡和 1 张身份证，但没有失主的联系方式。何延成想失主一定很着急，就又写了一个条子放到钱包丢失的地方，说明钱包已经放到办证处，让他到办证处去认领。两个多小时后，失主才去认领，办证处的工作人员打电话把何延成也叫了去。失主领到失而复得的钱包，非常高兴，对他表示感谢。当时图书馆一个工作人员在现场对失主说：“你今天是幸运的，遇到了这个拾金不昧的好人，要不是你遇到好人，你的钱包肯定丢了。”何延成回答说：“这是应该的。”

退休后，除了看书外，何延成还外出旅游和摄影。他先后到过北京、上海、苏州、杭州、成都等城市，去过西藏、云南、四川等地的著名景点，通过旅游开阔了眼界，锻炼了身体，结识了很多朋友。在旅游的同时，爱好摄影的他拍摄了大量的风景照片。除了在外地拍摄的照片，更多的是在周口拍摄的。近年来，在市委、市政府的领导下，全市开展“五城联创”活动，周口市容、市貌发生了巨大的变化，为了将这些变化记录下来，他每天都在拍摄、记录着这些变化。为了拍摄日出的影像，何延成不到 5 点就起床；为了拍摄日落，经常要拍到晚上 8 点多；有时为了拍摄夜景，还会延长到晚上 9 点多。为了发挥这些照片宣传周口的作用，他将自己拍摄的照片投稿到《周口晚报》，很多照片在《微美周口》栏目发表。近几年，其在这个栏目上发表的照片有 100 多张，为宣传周口、提高周口的知名度起到了很好的作用。为了拍摄出好的照片，何延成先后购买过三部数码相机，为了提高自己的拍摄技术，他花费近千元买了摄影方面的图书，还自费到外地参加摄影培训。努力就有收获，近几年他发表在各地报刊上的摄影作品有 1 项获国家摄影奖，4 项获省摄影家协会举办的摄影比赛奖，10 多项获市级摄影比赛奖。在《周口晚报》举办的摄影比赛中，何延成获“周口市十佳摄影师”称号。鉴于在摄影方面取得的成绩，他先后被批准加入中国摄影著作权协会、中国民俗摄影协会、河南省摄影家协会、周口市摄影家协会等摄影组织。

通过读书，何延成一家开阔了视野，增长了见闻，丰富了学识，陶冶了情操，这让他们的工作、学习和生活充满了快乐，也得到很多意想不到的收获。愿这一路的书香伴随着他们一家健康快乐地生活！

曲折坎坷读书路

——钟祥家庭读书故事

钟祥在青少年时代刻苦勤学的故事，在他的家乡一直被传为佳话。而今钟祥已至花甲之年，老家的大爷、大娘都已过世，只有为数不多的叔叔、婶子还健在，也都已七八十岁了。他们不时会说起钟祥那时候因为学习而挨打的事——有一次，钟祥在家自学时，突然下起了大雨，庭院里晒的被子被淋湿了，父亲回来后，把他打了一顿；还有一说是院里晒的粮食被大雨淋了，钟祥在屋里只顾学习，没有往屋里收，父亲把他打了一顿。怎么传的都有，但主题都是因为学习忘记干家务而挨打。

其实当时他挨打不是因为哪一件事没干，而是父亲只要看见他就想打。因为钟祥每天坐在屋里一动不动地学习，他父亲一见就气得受不了，这种生气当然不是因为怕他把身体坐垮了，而是想让他干农活去，不想让他坐在屋里“偷懒”。在20世纪70年代，家里的条件确实不允许他坐在家里“偷懒”，但他是在备战高考。高考，这个许多农村孩子都想借此改变命运的机会，谁不想抓住呢？那时家里条件好的孩子都去学校复习，而钟祥因为家庭实在太贫困，连吃的都没有，上了一年高中，只能在家里复习。虽如此，还是遭到了父亲的反对。但那年钟祥居然考上了！自学，挨着打骂自学考上了大学，容易吗？所以钟祥一下子成了家乡的名人，十里八村都传着他自学成才的佳话。而今，钟祥已读到博士。尘埃落定，总结他的得与失，成与败，都与读书学习相关。细想来还真有许多故事可说呢。

忍饥挨打，自学迎考

还是从钟祥走出高中校门的那一刻说起吧！

时光倒转到1976年。那一年钟祥17岁，在自己家乡的北杨集高中上一年级。就在那年冬天的一个下午，他正在教室里上课，忽然他后面的同学用手拍拍他说：“教室外面有人找你。”于是，钟祥连课桌上的笔和课本都没来得及收拾一下，就走出了教室。到外边一看，见是他二叔推着自行车正站在那里。他一见二叔就知道是什么事了——二叔是叫他去县城当工人的。

这事对钟祥来说，当然喜出望外。要知道，那时在县城里当个工人，即使是临时工，也是许多人梦寐以求的。因为那时高考制度还没恢复，上大学都是推荐制，被推荐的当然都是干部子弟，农民的孩子哪有上大学的。这样一来，即使上了高中，如果不参军、不当工人，最后还得回家务农。所以，当时每逢星期天回家，钟祥就去二叔那里，央求二叔给他在县城找个工作。二叔当时在县城机械厂当工人，是正式工。钟祥走出教室见了二叔，二叔跟他说明情况后，他连教室都没回，也没跟老师道别，就坐到二叔自行车后座上，去县城了。他到县城报到上班后，才回去和老师告别。当时他的班主任刘效坤老师对他辍学当工人颇感惋惜，还让他再慎重考虑，刘效坤老师认为他不如继续上学。

就在钟祥去县城当临时工的第二年，也就是 1977 年，高考制度恢复了，这真是一个天大的新闻。当时上过高中的青年们，都跃跃欲试，有的干脆回校复习去了，准备参加高考。而他呢，只能临渊羡鱼，眼睁睁看着人家参加高考，无奈他自己只上了一年高中。况且那时候时兴勤工俭学，在学校期间也不断去生产队帮助社员干活，没有学习多少知识。一不上学，连课本也扔得都找不到了，怎么去考大学呢？所以第一年的高考，他只能看着人家去考，急得手痒也没办法，也没有信心，只能迫不得已地在县城一个小厂子里当临时工。碰巧同厂子的一个工友考上了，工友接到录取通知书时的那个高兴劲儿，真让人羡慕。钟祥想，工友上着班抽空复习能考上，自己就不能吗？不如试一下。于是他就去别人那里借来了课本，把那些没学过的高中数学也刻苦钻研一番。这些学习，当然是在下班后的业余时间。经过一番准备，钟祥参加了第二年的高考。分数上线了，上了中专线。但由于分数偏低，没被录取。虽然没被录取，但这次的上线经历增加了他的信心。他想，若再复习一年，肯定能考上。于是业余时间他更加努力学习。

后来，厂里裁减人员，钟祥被裁减掉了，只能回家。回到家里干什么呢？一是随社员去参加劳动挣工分，二是继续复习准备高考。钟祥选择了后者。记得有一天吃过晚饭，他问父亲：“我想去学校复习，咋样？”

他父亲沉默半晌，说了两个字：“去呀。”接着又是长时间的沉默。

钟祥没有再说什么，因为他知道父亲那简单的两个字的内涵。那是一句不太在意的、十分不情愿的敷衍。钟祥知道，父亲十分不愿意让他去学校复习，因为这样会增加家庭负担。家里连吃的都紧张，哪有经济实力让他去学校复习。当时他也深知去学校复习是一种奢望，所以钟祥就再也没提那事，而父亲更不会过问，于是他只能在家里自学了。

在家中自学的时光，如同炼狱。不只是学习中遇到的困难无老师可问，一些学习资料也难找到。钟祥托人借了几本模拟试题集，连标准答案都没有。即使是一般的题，也够钟祥摸索的了，更别说是难度相当于高考试题的模拟题了。就这样，他硬着头皮按照课本中的例题演练了一遍又一遍。只上过一年高中的钟祥，连课本都不全，又没有复习资料，也无老师指点，没有同学交流，学习时的难度可想而知。当时他心里也发愁，压力很大。本来他就性格内向，话语少，这样一来就几天也不说一句话，不过家中也没有人和他交流。父亲对他复习的事，从来不管不问，不但不管不问，而且对他在家学习不去干活慢慢反感起来，后来由反感变为恼怒。终于有一天，父亲的怒火爆发了。

那天他正坐在窗前学习，突然后背上挨了一拳，父亲边打边愤怒地说：“我把书给你烧了！”

东边邻居彦平大爷听到打骂声跑了过来，拉着父亲劝架，但劝不住，父亲非要把书烧了不可。钟祥当时也气得受不了，对彦平大爷说：“你也不用劝他，让他把我打死算了，反正我也没有打算活。”这一句话，如同一盆冷水，彻底浇灭了父亲胸中的怒火。

彦平大爷给父亲使了眼色，传达的意思是：你不要再打了，要出人命了。

他们猜想，钟祥如果考不上大学，就会轻生。其实当时他也真有背水一战的想法，在那个家庭里确实难以好好生活下去。一是因为钟祥从小跟着爷爷奶奶长大，与父亲的感情淡薄，更何况他父亲脾气暴躁，平日里对他非打即骂；二是由于兄弟姊妹多，粮食根本不够吃，往往等粮食吃完了，母亲让借，父亲爱面子又不让借，怎么办？只能每天三顿煮红芋干吃。但每顿也只吃几口，钟祥饿得连站的力气都没有。所以他想，如果考不上大学，非死在这个家里不可。

皇天不负苦心人，经过几个月的家中自学，忍受着学习上的压力、父亲的打骂、生活上的煎熬，钟祥终于考上了。那是 1979 年夏季的一天，清晨，钟祥从田里干活回到家中，母亲对他说："考上了，大队里送来通知书了，是大专。"钟祥赶紧跑到屋里拿过录取通知书，那是一张很小的铅字打印的白纸，手里拿着它，他长舒了一口气，他考上的是周口师范大专班，终于脱离苦海了。钟祥考上了大学的消息很快传遍全村与邻村。要知道，虽然现在看起来那不是一个什么像样的大学，但在那个年代就已经十分难得了，因为那时的学校少，每年招的学生也少，中专、大专、本科所有加起来，录取的人数也只有考生的 4%，可见录取之难。况且那年全乡考上的只有钟祥一个人，而他又是在家中自学考上的，那些在学校复习的都没有考上。于是，钟祥如何刻苦自学的事便被传为佳话，且一代传一代，一直传到现在。现在村里的人都拿钟祥作例子去教育他们的孩子：他爸打着不让他学，他还考上了大学，你是打着还不学呢！有一位高三学生已经复习两年了，没考上。他母亲不让他去学校复读了，让他学钟祥的样子在家自学，但他一个人在家里坐不住，学一会儿就想出去，于是他母亲就搬一个板凳坐在大门口，监督着他。这样强迫着学不是办法，最后他也没有考上。

不屈不挠，辗转考研

三年的大学生活漫长而又短暂，钟祥很快就毕业了，被分配到沈丘县一所初中任教。这与他的理想相差十万八千里，他上大学就是为了远走高飞，却被一纸派遣书分配到了这个地方。那时是分配制度，上面让你到那里，不去也得去，不由你选择，钟祥能心甘情愿吗？

这里面还有一个小插曲，那就是在毕业前夕报名去新疆支边。临近毕业时，钟祥给新疆维吾尔自治区的领导写了一封信，表示他愿意毕业后去新疆支边，为建设新疆做贡献，一腔热血，慷慨激昂。这一举动被学校的一位同学写成一篇通讯，投到了《河南日报》。《河南日报》可能想借此在全省树立一个听从党的召唤、到祖国最需要的地方去的毕业生典型，于是这篇报道被当作头条新闻发了出来，题目是《鸿鹄之志——记周口师专毕业生钟祥》，且配发了他的照片。钟祥现在仍记得那是1982年6月30日的《河南日报》。接着，《人民日报》第三版也进行了转载，这下他可火了，立马成了远近皆知的新闻人物。就在钟祥沉浸在新闻人物的甜美赞誉之中，收拾行李准备向新疆出发之时，一纸书信又将他一下子从山峰抛向深谷。那信是从新疆维吾尔自治区发来的，信上说，今年河南没有支边任务，他的支边请求不予批准。钟祥看了信的内容，犹如被人从头上浇了一盆冷水！

新疆没去成，鸿鹄折断了翅膀，他被派遣到老家沈丘的县城中学当起了“孩子王”。因为是刚毕业分来的教师，没有教学经验，学校便把钟祥分到了初一教语文。初一的学生都是刚从小学五年级升上来的，年龄小，调皮得很，不好教。在课堂上，你面对他们讲课时，他们都坐得端端正正，听得聚精会神；一等到你板书背对他们时，他们就变了：立刻活跃起来，乱跑乱动，你打我，我打你，整个教室闹嚷嚷、乱哄哄，等你板书完一转身面向他们，他们又立刻各入其位，正襟危坐，目不转睛地看着你。这样的情景，一堂课下来几经反复。钟祥一怒之下，揪出几个捣蛋鬼，让他们站在教室前面的墙角里，但没有被揪出来的仍然乱哄哄的止不住。每堂课均是这样，钟祥气得实在受不了。上午十二点下课后，单身教师都去学校的餐馆吃饭，钟祥盛了饭，往地上一放（那时还没有餐椅和餐桌，大家都蹲在地上吃饭，把碗放地上），被学生气得一点食欲也没有，饭也不想吃了。其他老师看他这样，就劝他说：“你不要真生气嘛，我们对学生都是假生气，如果真生气，气死你。”但钟祥是真生气，心不由己。

每到放学后，他回到那间寝室，就不断地反思：今后的工作、生活就这样下去吗？我的理想呢？我的前途呢？就这样整天和孩子们斗智斗勇？我才二十出头，一辈子就这样完了吗？钟祥十分不甘心，当时他曾写了这样一首诗抒发情怀：

欲破铁笼开，翱翔于天外。

无奈命作祟，孤鸿独徘徊。

看到那些有社会背景的人，纷纷转到行政单位了，钟祥也很羡慕，而他自己却走不通那条路。没有其他的选择，要想从这个单位跳出来，唯一的出路就是再去考学，考研究生，争取二次分配，这样才能改变命运。

主意拿定以后，钟祥就投入到了考研究生的准备之中。他一个专科生，没有系统地学过外语，又有工作上的压力，考研谈何容易。让他最头疼的就是外语，得从头学起。当时录音机刚流行，但在农村很少有卖的，他也买不起，只能跟着收音机里的广播电视大学课程学。除此之外，每天晚上十点至十点半，他还会跟着山东人民广播电台的英语讲座学半个小时。钟祥深知，要想考上研究生就必须在英语这一门课上下足功夫。由于对初中教学生活不适应，钟祥到县教育局申请调入一所邻近县城的郊区高中。刚开始教高中还比较适应，不再与初中生每天讨气受了。

不料，旧的麻烦没了，新的麻烦又出来了。校领导知道了他要考研，对他有了看法。他们认为钟祥每天除上课之外，关起门来在住处学习是不安心工作的行为，就是没有把精力放在工作上，再加上他忙于学习，平时与同事们交往不多，就造成了被孤立的局面。钟祥在那里工作了两年左右，又待不下去了。先是校领导到县教育局局长那里反映他的情况，说他不安心工作，整天忙考研，书教得也不行。这样一来，钟祥的名字在县教育局领导那里也挂上号了。其实钟祥毕业时，县教育局的领导就知道他了，因为钟祥曾经上过报纸，红极一时。但此时他们也对他有了看法。钟祥知道了校领导向县教育局告黑状，他觉得很冤枉，自己不就想考研嘛，又没有调皮捣蛋、不好好干，所以他觉得必须去说明自己的情况，让他们知道内情。于是钟祥也到县教育局局长那里申述。

当时的教育局局长是欧阳连选，钟祥忐忑不安地进了局长家，满以为局长要把他狠狠地批评一顿，结果情况恰恰相反。老局长和蔼可亲，他说："年轻人嘛，有上进心，可以理解，若不行，我和县教师进修学校说一下，你去那里算了。那里平时闲，有利于你学习。"局长的宽容与大度着实让钟祥出乎意料，他更没有想到局长会为他的学习着想，给他找单位调动，这确实让钟祥感动。后来钟祥得知，局长确实和县教师进修学校说了，但因种种原因，他们没有接收，这事儿没成。又过不久，同是郊区的一所初中非常欢迎钟祥去，钟祥也乐得远离县城，遂同意调往。于是，新学校租了一辆大卡车去接他，因为学校想着钟祥还有家具什么的，其实他只有一床被子、几摞书，钟祥一上车拉着就走了。

卡车很快就到了学校。这是一所郊区初中，离县城不足三公里，坐落在村头。这个村的名字叫前寨，以前叫兀术营。据传，宋朝的岳飞大战金兀术时，金兀术曾在这里安营扎寨，由此得名。但后人叫成了"母猪营"，听着不雅，这才改名叫前寨。到校后，校长徐公仁热情地接待了他，并在住所里做了几个菜，叫上几个老师一起喝酒，算是办了一场对钟祥的欢迎宴会。饭后校长给钟祥安排了一间住室，行李搬进去，钟祥算在此安营扎寨了。

这里住校老师不多，只有四五人。因为老师很多为附近村上的，都回家吃住。住校的几位老师各自起小灶。学校里有几个蜂窝煤炉，学校里提供蜂窝煤让取暖做饭。这学校给钟祥印象最深的就是院子大，几排瓦房教室，院子里有几棵大杨树，每到夜里显得阴森森的，特别是在有风的夜晚，树叶刮得哗哗响，很吓人，这就是俗话说的“鬼拍手”。

每到放暑假，学生、老师都回家了，但徐校长不回家，他责任心强，让初三的学生留校补课，以便争取多考上几个高中生，与其他学校争争名次。于是钟祥就留下来陪着住校，因为他教的是初三，得给学生补课，这时住校的就只有他和校长了。钟祥本来想利用暑假来复习功课，但这样一来就占用时间了。晚上吃过饭，他们两个或走出校园散步，或坐在住室前面望着星空，听着哗哗的树叶声聊天。在这里工作、学习，再也没有说他闲话的人了，他也不会因为复习考研而受排斥了，和校长、老师们处得都很融洽。这里的老师对钟祥都很尊重，因为那时的大专生少，本校就他自己，其他老师都是民办教师转正的，自称“泥腿子”。平时一下课，老师们会去他住室拉家常，常说：“你这是不得志呀，不然，怎能和我们这些泥腿子在一起呢？”

钟祥到前寨学校后就参加了研究生考试，每年都是外语考不过。但他并不灰心，相信总有一天外语会过关的。

有志者事竟成。就在钟祥参加第四次研究生考试，也就是 1989 年河南大学中文系的研究生考试时，终于被顺利录取。这是在前寨工作的第三个年头，这一年钟祥的儿子三岁，女儿一岁，孩子与妻子都在农村老家。虽然考上了梦寐以求的研究生，但喜忧参半，他已是两个孩子的爸爸了，再去上学，经济如何支撑？何况家又在农村，住三间土瓦房，每逢下雨，便“床头屋漏无干处”。大概连杜甫也不会想到，在一千多年以后，还会有与他同样遭遇的寒士。好在县教育局珍惜人才，照常发给钟祥工资，在他读研期间，钟祥只往河南大学转了户口与档案，没有转工资关系。也真感谢教育局对他特别的关爱，否则的话，这研究生真难读下去，这也是尊重知识、尊重人才的具体体现。

钟祥在河南大学读研究生的三年时光，总的来说是如牛负重，甚至可以说是背着包袱去爬山。这不是说学业上的负担，而是家庭的责任。那时每月 100 多元的工资，除去他上学的花销，基本上都给了家里。两个孩子嗷嗷待哺，家里的收入只有二亩七分地所打的粮食，经济的拮据状况可想而知。“屋漏偏逢连阴雨，船迟又遇打头风”，就在钟祥读研二的时候，父亲突然得了病。当时父亲在郑州做清洁工，等病得连走动的力气都没有了才回家，通知钟祥给自己治病。钟祥回到家，领着父亲搭车到周口地区医院一查，是肺癌。但父亲坚信自己患的不是癌，一定要钟祥给他治病。于是钟祥向学校请假，专门在家为父亲东奔西跑，找医生看病。当时看病是不报销的，本来家里就没有钱，一给父亲看病，钱很快就花光了，接着他开始到处借钱。值得一提并感谢的是，当时河南大学中文系的研究生学友得知了此事，为了帮助钟祥克服困难，便主动捐钱，3 元、5 元、10 元……一共捐了 200 多元，给钟祥寄了回来。钟祥高考时父亲打着不让学，父亲病重时钟祥倾尽心血给父亲治病，乡邻们都说钟祥是一个大孝子。

生活艰辛的三年研究生时光很快度过，在面临毕业时，该找工作了，手里没有钱，连路费都没有，到哪里联系工作？钟祥的导师李贤臣老师帮他出主意说：“你就坐在屋里别动，光给那些单位和部门写信问他们要不要人。”钟祥知道，这种办法很难行得通。人家都是到单位联系，你光写信怎么行？即使有可能，也是一些不好的单位才愿意接收你，李老师是典型的学问人，对人情世故不通，亦不屑一顾。但让人意想不到的是，后来老师竟然一跃当上了开封市的政协副主席，退休后又当上了河南省人民政府参事。后来，李老师高大英俊，皮肤白皙，气宇轩昂，派头十足，俨然一副大领导的样子。李老师也是尽己所能地帮钟祥联系工作，但都不果。最后，钟祥去了家乡的报社——周口日报社，做了一名编辑记者。

另谋出路，发奋考博

到周口日报社工作，犹如钟祥大学毕业时被分配到沈丘县的初中一样，新的生活开始了，新的不适应与苦闷又来了。周口日报这样的一个市级报社（当时还是小报，每周出三期），像钟祥这样有研究生学历的，只有 2 人。日常工作就是写通讯报道、编辑版面、拉广告。报社是自收自支的事业单位，主编为了职工工资福利把重点放在了拉广告上，采编人员均背负着广告任务。由此，钟祥进报社后，产生了极大的不适应。而且由于当时年轻气盛，他不经意间会和领导、同事产生分歧，有时一怒之下，还会在办公室和同事吵嘴。

若干年后，钟祥调出了报社，曾和他吵嘴的一位同事也退休了。两人在街上偶遇，谈起了当年的事，都哈哈一笑："相逢一笑泯恩仇嘛。"

同事说："你现在虽混得比我强些，但我不羡慕你其他的，就羡慕你健康。"

钟祥说："我注意锻炼，每天去沙河游泳，你也去呀。"

同事连忙摇头摆手，说："不去不去。以前你和我不对脾气，在河里你把我淹坏了咋办？"

钟祥开玩笑地说："这一点你放心，反正不让你淹死，等你淹得快翻白眼时，我再把你捞上来。"

话还回到前面，就在这样一个单位，这样一种状况下，钟祥感到工作与自己的理想相差甚远。于是钟祥打算调换一个单位。想到有一位大学同学在郑州市一家单位任局长，钟祥便跑去找他，说想调出去跟着他干。同学很快就答应了，并说可以让他去宣传部门。但最终结果是好事黄了，再往其他单位调动更难了。钟祥转念一想，去周口师范学院，那里研究生学历的教师还很少，进去应该没什么难度。结果找到校长，校长说，等研究研究再说吧！最终也没有调到周口师范学院工作。想起当时的情状，真如李白诗所言，"欲渡黄河冰塞川，将登太行雪满山"。路在何方？经过思考，钟祥认识到出路还是考学。对，考博士！正如文章开头所说，钟祥的成与败都在读书考学上。考学给了他机会、出路，也耗费了他大部分的精力与时间。

事有凑巧，正当钟祥准备考博时，报社要派遣人员去乡下驻村，于是他主动报名要求到乡下去。得到批准后，钟祥被派遣到淮阳县王店乡黄里行政村驻村。报社一行三人，钟祥任驻村工作组组长。到村里之后，除日常驻村工作以外，钟祥有更多的时间看书，学习更方便了。

钟祥他们进村后，被安排住到了村里的大队部——村头的一个大院子，一排瓦房，平时无人居住。驻村时，市委组织驻村人员开了一场大会，讲解驻村要求，其中一点就是有事要帮助解决。如果村上有吵架、打架的，就要上前劝解；村上如果有住户被偷了，就过去帮助处理；夫妻闹离婚的，也过去帮助劝解。他们在那里充分发挥了驻村干部的作用。因为不在家里吃饭住宿，杂事、家务事就少了很多，这就给钟祥复习考博创造了条件，他每天吃了晚饭到村头走走，到各家串串门，然后就回到屋子里看书。钟祥他们在这里驻村是最受欢迎、最接地气的，到了年底，报社用卡车给村里拉去了一车米、面、油，他们几个工作队员挨家挨户送到村民家中，老百姓的脸上都乐开了花。

考博相对于高考和考研来说容易多了，一来没有生活的压力，二来学习起来也比较轻松，钟祥考研时打下的外语基础比较好，虽然多年来没有用过，也没有看过，但复习起来也不感觉难，主要是时间充足，身心自由，环境也好，这些都有利于学习。博士考试共考了两次，第一次是 2002 年，报的中国人民大学中文系，也曾去了学校几回，找到了一个博导。然而竞争是残酷的。成绩出来后，他的专业分都过线了，70 分以上，唯有外语差了几分不过线，结果名落孙山。第二年也就是 2003 年，他报考了西北师范大学文学院的博士，考分相当高，一门专业课达到了 91 分，外语是 76 分。文学院院长赵逵夫老师是博导，很爽快地答应录取钟祥，于是钟祥顺利就读于西北师范大学文学院。

虽然被录取了，可钟祥上学的麻烦事又来了。这次考博士，可不像读研究生时那样县里发着工资让他读。这次读博士他从单位一走，就被停发了工资，没有工资就没了生活来源。妻子无工作，两个孩子正上学，儿子读高中，女儿读初中。自己的读博学费需要四五万元，如何去上学？全家如何生存？有的同事劝钟祥说，你没了工资全家还怎么生活呢，干脆别去读这个博士了。但是钟祥想，费了好大劲考上个博士，不去读实在可惜。在这人生的重要关口，他打听到周口师范学院正在引进博士，就去协商：让他们发工资出学费，毕业后到他们单位工作。结果一说便成了，这才得以解除了后顾之忧，轻装上阵，读完博士，顺利毕业，这一年是2006年。毕业后，钟祥即按协议进入周口师范学院工作，直到2019年四月退休。

写到这里，已近万字，钟祥从20岁参加高考到60岁退休。追忆人生旅程，他就好像做了一个梦，一梦做了40年，真是人生如梦啊！这一个40年的梦到今天醒了，钟祥有感而发，吟诗一首：

退休今日意如何？创业艰难坎坷多。
年少曾怀鸿鹄志，鬓白岂料成瓠落。
天时人事交相违，韶华心事遂蹉跎。
回首竟奔一场梦，健身读书抱孙乐。

总结人生的得与失、成与败，钟祥得出了一条结论：一个人的成功，个人奋斗是前提，环境、机遇也占一定的因素。对钟祥来说，他这大半生都在奋斗，艰难曲折没少经历，与同龄人相比，是读书改变了他的命运，读了专科，读了研究生，读了博士。读书使他从偏远的乡村到了大学工作，一度任周口师范学院文学院副院长、新闻传媒学院院长、校统战部部长。

经过钟祥的言传身教，其家庭学习氛围浓厚，两个孩子也都读了博士，成了“博士之家”。

儿子钟远征本科就读于郑州大学，研究生就读于东北大学，博士就读于复旦大学，毕业后到郑州大学任教。女儿钟婷婷，本科、研究生就读于武汉大学，博士就读于首都师范大学，毕业后到河南师范大学任教。据了解，钟婷婷还是她参加高考那年周口市的文科状元！2020年钟祥的孙子出生了，钟祥说，等他长大后，想让他继承祖业、父业，继续读博士，让“诗书传家，学问立身”成为家风、家训，代代相传，发扬光大。令人欣慰的是，生活条件一代比一代优越，求学之路一代比一代顺利，那么，成就也会一代比一代卓越，所以，钟祥给孙子起名钟成，希望他长大后，取得的成就更大、更高。

书香伴我一路行

——李纪龙家庭读书故事

书是人类文明的结晶，书是人们向上的阶梯，书香滋润心灵，书香助人成长。西汉刘向说："少而好学，如日出之阳；壮而好学，如日中之光；老而好学，如炳烛之明。"清代文学家张潮云："少年读书，如隙中窥月；中年读书，如庭中望月；老年读书，如台上玩月。"著名学者朱永新先生说："阅读，让贫乏和平庸远离我们！阅读，让博学和睿智丰富我们！阅读，让历史和时间记住我们！阅读，让吾国之精魂永世传承！"的确，读书足以怡情，足以博彩，足以成才。读书可以增长知识，读书可以塑造人生，读书可以陶冶情操，读书可以明智。读书使人进步，读书给人快乐，读书让人幸福。

书香滋润少年心

李纪龙在很小的时候，爷爷就教他读背《弟子规》《三字经》《朱子家训》和《毛主席语录》。随着年龄的增长和阅历的增加，他渐渐对儿时的记忆和古圣先贤留下来的做人智慧有了进一步的理解。

李纪龙的爷爷读过十几年书，四书五经了然于胸，唐诗宋词熟读成诵，尤其是古圣先贤做人的智慧，他老人家一生践行，满满正能量，谦谦君子风。爷爷为他取名"纪龙"，意为吉龙惠世，希望他继承中华龙的精神，向善向上，一生吉祥，造福百姓。

爷爷爱书如命，一有空就看书，每到夏季，爷爷就带着书和凉席到树荫下或村井边去读书。李纪龙的母亲快做好饭时，就安排他去找爷爷回来吃饭，因为爷爷讲究规矩，每顿饭的第一碗必须恭恭敬敬端给老人家先吃，否则，一家人等到饭凉也不敢动筷。于是李纪龙便到村南桑树林或村西北菜园里的水井旁去找爷爷。每当看到爷爷在那儿专心致志地读书，他都高兴地喊："爷爷，回来吃饭啦！"爷爷就慢慢地合上书，拄上拐杖往家走。他抱着凉席跟在爷爷身后，虽然当时不明白书为什么有这么大的魔力，但他看到爷爷对书的喜爱和读书时的快乐，便对书产生了好奇之心，经常待在爷爷身边听爷爷讲故事。

爷爷是十里八村有名的学问人，他会讲《封神演义》《水浒传》《三国演义》和《西游记》的故事，李纪龙很喜欢听。那些饱含中华文化的故事浸润着他幼小的心灵。故事情节和他长大后读到的原著，看到的电影基本一致。

李纪龙七岁的时候，爷爷送他去王祖庙小学读书，会路过沙滩（黄河故道），也就是现在的植物园东段。那时茅草遍地，黄沙没脚，路很难走，爷爷就弯下腰，背起他继续前行，他伏在爷爷背上问东问西。

小学阶段的时光，好多已经模糊，但音乐老师让李纪龙至今难忘。老师教同学们唱《我爱北京天安门》《小河淌水》，那甜美的声音、澎湃的激情以及和蔼的笑容至今萦绕在他心中。李纪龙上五年级的时候，赶上了教育回潮，学校开始重视教学质量。那时候，由于李纪龙平时喜欢读书，老师对他厚爱三分，每当老师离开或开会的时候，就让他坐在讲台上当小老师，维持秩序，领着同学们一块儿读书。

在李纪龙十一二岁的时候，爷爷给他写了一句话：握定主脑做事，拔出心肝为人。并叮嘱道：人一生一世无外乎做人做事两件事，一定要做好人，行善事；做人有良知，做事有主见。他用行动诠释了爷爷的嘱托。50 多岁的时候，他找到了爷爷写给他的那张铭训，并把它作为家训悬挂于客厅，昭示后世子孙一定要做好人、行善事、积功德、惠民生。

书香催生男儿志

李纪龙两年初中是在淮阳搬口公社王祖庙大队李楼学校读的书，班主任赵祥玉老师对学生要求很严，期望他们多读书，读好书。好在当时课业负担不重，只有语文和数学两门课，没有练习册，也没有课外作业，学习压力不大，所以，放学后他有大把的时间去读书。遗憾的是当时书很少，但李纪龙很幸运地读到了《三国演义》《封神演义》《水浒传》

《烈火金钢》《平原枪声》《红岩》等书。

书中关云长的义薄云天，姜子牙的大智大勇，吴用的足智多谋，江姐的坚贞不屈令他肃然起敬，书中正面人物的正直人格、高贵品质、博大胸襟和处事智慧对他影响至深。特别是江姐、许云峰等革命先烈崇高的信念、坚定的意志、坚韧的品质和刚毅的风骨深深地打动了他，感染了他，成了他人生的灯塔。他们才是中国的脊梁，中华的希望！革命先烈们“宁可流血牺牲，决不跪着求生”的中华风骨是一些人补钙的秘方。正是老一代革命者的不懈奋斗，才有了中国革命的胜利，结束了百年战乱，驱逐了西方列强，建立了新中国。每一个有良知的中国人都应该缅怀先烈的丰功伟绩，弘扬他们的革命精神，做一个有骨气的中国人，做一个“富贵不能淫，贫贱不能移，威武不能屈”的有梦想、有血性、有人格、有担当的中国人。

读初中时，李纪龙遇上了“白卷先生”（手上的老茧成了上大学的资格），所以老师想教而不敢教，学生想学而不能学。师生是一个战壕里的战友，虽然学的知识不多，但是学生学得轻松，课堂气氛活跃。李纪龙记得门青芝老师的物理课上得很棒，在物理课上老师提问道：“同学们，我们走路时是一只脚着地还是两只脚着地？”

李纪龙回答：“一只脚着地。”

全班哄堂大笑，门老师却认真地说：“李纪龙同学回答正确，我来演示一下。”同学们看着老师单脚着地行走的潇洒和两只脚着地的滑稽相，笑得前仰后合。接着，门老师又让两个同学上台演示，大家对这一行走常识就更加了解了。由于门老师知识丰富、语言幽默、方法灵活、态度和蔼，所以全班同学的物理成绩都很好，李纪龙对物理也产生了浓厚的兴趣，成绩名列前茅。

高中的时候正赶上“反击右倾翻案风”运动，这期间，虽然有来自老淮中的王发政先生、夏中原先生、张春沛先生、丁大绍先生、何文良先生和孙逊生先生等著名教师，但他们很少有机会讲课。高中二年级时搬口方家队搞了 100 亩农业试验田，研究农业科技。那时不知道高考这回事，只知道高中毕业回乡务农，表现好了才能推荐上大学、吃商品粮。于是李纪龙开始学习中华传统文化的瑰宝——中医学，利用空闲时间看一些医学书籍，背《药性赋》，计划当一名赤脚医生。

书香点燃青春火

1977 年李纪龙高中毕业回乡务农，辛苦劳动一天记 8 个工分（相当于 1 角 2 分钱），一天往农田送 20 架子车土肥，往返需要走 30 多里，相当辛苦。农业劳动虽然又苦又累，但苦中有乐，累中有梦。收秋种麦的劳动量自不必说，一个大活人累得死去活来，狼狈相可想而知。到了农闲季节，搬口公社组织农民大搞农田水利建设，李纪龙和生产队的老乡们一道去朱庄挖河，队长考虑到他刚从学校出来，干活没劲，就安排他负责后勤工作。有一天，他挑着茶桶去工地送茶水，听到大喇叭里说："凡是 1966 年以来高中毕业或相当于高中文化程度的男女青年，无论结婚与否，都可以参加高考。"

当时李纪龙不知道高考是什么意思，于是就问大队民兵营长李彦合同志，他说："高考就是上大学，吃商品粮。"

李纪龙问道："上大学不是要推荐吗？"

李彦合补充道："改啦，改啦，听广播的意思就是考上就能上，不需要再推荐。"李纪龙当时半信半疑，又认真听了几遍广播，确信无疑后，抱着试试看的心理，决定参加高考。于是，他向生产队长请假，队长很爽快地同意了。他回到家向父亲说出要参加高考的想法，父亲表示赞成，并安排他去找陈秀芝老师求助。李纪龙便骑着自行车到淮阳师范学校找到陈老师，陈老师安排他进入高考补习班。在短暂的半月补习时光里，他领略了淮师教师的风采，品尝到知识的甘露，开阔了眼界，掌握了一些本领。陈老师亲自为他抄写复习材料，生活上也对他关心备至。

在短短的时间内，他废寝忘食、竭尽全力、收获良多。

到1977年首届高考来临时，李纪龙怀着忐忑的心情准备参战。也许是一种巧合，也许是对毛主席一往情深，在高考前一天的晚上他做了一个梦：从毛主席上井冈山，到站在天安门城楼上庄严宣布中华人民共和国成立了！中国人民从此站起来了！这些画面像电影一样在他的梦里重现。第二天走进考场，语文试卷上的作文题就是《我的心飞向了毛主席纪念堂》。因此，他第一次参加高考相当顺利，进入了预选。全搬口公社进入预选的有27人，其中26人是下乡知青，参加体检和政审的土生土长的回乡青年仅他一人，李纪龙甭提有多高兴了。去淮中体检时他晚上就睡在路灯下，头朝路灯杆，因为光照到的部位蚊子很少叮咬。下雨了就躲在新建的办公楼上（当时办公楼的楼板还没有粉刷），为了获得读书的机会，苦点累点也没什么。在等待录取通知书的日子里，李纪龙如坐针毡。春节后得知落榜的消息，他又后悔自己为等大学录取通知而错过了参军的机会。上学当兵两耽误，沉重的打击令他难以接受，心中百味杂陈，欲哭无泪。

但李纪龙很快从低谷中走出来，决定再次参加高考。

当时的农村十分贫穷，尽管李纪龙的父亲在搬口园艺场领着100多名下乡知识青年战天斗地，改良黄河故道，但老人家清正刚直，廉洁自律，从不利用权力谋私，他们家一贫如洗。全家9口人，只有3间破草房和两小间东屋，连一个相对安静的读书的地方都找不到。于是李纪龙就把一个废弃的猪窝（长2.5米，宽1.2米，高1.5米）向下挖三尺，里面放一张木板床，晚上就住在猪窝里点着柴油灯读书（因为煤油控制指标，不好买）。猪窝里低暗潮湿，蚊虫多，夏季热得难受。为了防止蚊虫叮咬，就算炎热难耐，他也穿着长袖的衣服，用旧毛巾盖着手脚，坚持夜间学习。白天参加生产劳动，干农活无论多苦、多脏、多累，只要夜晚有书相伴，他心里都踏实。每天晚上坐在油灯下读书的时候，感觉是一种享受，有时候学到深夜还不想休息，困了就捧一捧凉水洗洗脸、提提神，饿了就出来伸伸懒腰，呼吸一下夜间清凉的空气，望一望星空。夜深人静的时候，独自在院里漫步散心，倒也惬意。他曾随手写下“天上日月正交辉，室内油灯夜不催。灯下树立凌云志，为攀书山愿骨碎”的打油诗。

有一天晚上，李纪龙正在书房（猪窝）里学习，奶奶悄悄地进来了，拿着一个苹果放在桌子上说：“孩儿，吃个苹果歇歇吧！”

他感激地抬起头，看看奶奶，又望望苹果，真的很想吃。但因一道题没有演算完，就说：“谢谢奶奶，我一会儿吃。”

奶奶离开后，他算完题拿起苹果看了又看，苹果白里透红；闻了又闻，甜里飘香，他垂涎三尺，真想把它一口吞掉，但又舍不得，因为当时吃一个苹果也是很奢侈的。于是，他用一根绳子把它悬挂在桌子上方，晚上学习到夜深人静，心发困、眼发涩、头昏脑涨之时，就站起来凑近苹果嗅一嗅。那沁人心脾的清香令人兴奋，精神为之大振，他好像打了一针兴奋剂，然后坐下来继续读书。一周后，苹果越来越香，李纪龙越发舍不得吃掉！就挂在那里作为他的提神剂。有一天，生产队队长李继林来到家中，关切地到书房看他：“兄弟，你住在这猪窝里读书够辛苦的，白天就少干一点活！”说着话闻到了苹果的香味，顺手摘下来张口就吃，边吃边说：“这个苹果好吃，太好吃了！”李纪龙望着队长吃得津津有味的样子，觉得有些心疼。不是他小气，而是这个苹果已陪伴他度过了多个不眠之夜，日久生情！

李纪龙还亲手写了“自强不息”四个大字贴在床头，抬头看见它就想到父亲的一句话：靠山山倒，靠水水跑，靠爹娘要老，还是靠自己最好！只有自己努力奋斗，才是人生幸福之道。当时虽然不知道这四个字出自《周易》的“天行健，君子以自强不息；地势坤，君子以厚德载物”，但是他知道：自强不息就是自立、自强、自主、自觉，坚韧不拔，百折不挠，勇往直前，奋斗不息。不知奋斗了多少个日夜，等到第二次参加高考时，因临行时换了件上衣，竟然忘记了带准考证

（准考证放在原上衣口袋里），最终因紧张发挥失常，又一次参加了高考体检而未被录取。两次参加高考，两次名落孙山，两次致命打击，使李纪龙几乎跌进了人生的深渊，他感到羞愧难当，无颜见乡亲父老，无颜面对恩师和同学——李纪龙肩负着搬口高中 1976 年、1977 年、1978 年三届考生的厚望。

李纪龙不止一次在小河边徘徊，看着清澈见底的河水，望着游来游去的鱼儿，想到“水利万物而不争”，他争什么呢？他还没有报父母之恩，怎么能……？即使在痛苦中沉沦，第二天的太阳还是照样升起！父亲安慰他说：“孩子，考不上大学，咱还有地种，咱村儿这么多人，没有饿死一个。人生的路有千万条，只要走正道，好好干，一定会有饭吃、有衣穿。”他虽然明白父亲的意思，但内心的痛苦难以言表，不是说想开就能立即烟消云散的。好在，时间老人可以磨平岁月的坎坷，母亲的关爱足以抚平心灵的创伤。

有一天下午，李思贞叔叔和李彦合兄长来到他家，安慰他说：“纪龙啊，高考考不上没关系，你读了这么多的书，就去咱大队学校教书吧！每月还有五块钱的工资。”李纪龙心存感激，就听从了村干部的安排，去李楼学校当民办教师，王立仁校长安排他教初二毕业班数学，从此他获得了教学相长的机会，走上了教育之路。

20 世纪 70 年代，农村的孩子免费就近上学，只需交 3~5 块钱的书钱，就能读到初中毕业，因此没有辍学现象，几乎实现了真正的义务教育。他们学校从小学到初中每年级两个班，全是王新村大队（包括王祖庙、李楼、郭陈庄、门庄和夏李庄 12 个生产队）的适龄青少年，共有五六百人。初中二年级毕业班有两个，将近 100 人，分快慢班。陈宪杰同志教快班数学，李纪龙教慢班数学。因为没有经过专业培训，再加上一开始上课有点紧张，他感到有些力不从心，但无论多难，他始终坚持认真备课、好好上课、课堂互动、启发引导的原则和同学们一道学习。说来也怪，在备课时还没有吃透的教材和难题，通过和同学们一起探究，很快就有了思路，而且解题的方法还不止一个。每攻克一个难题，同学们心花怒放，他也十分欣慰。由于他的用心和同学们的努力，他教的班在毕业考试时平均成绩 80 多分，还出现了 6 个满分。

李纪龙白天给学生上课，晚上坚持读书。为了营造相对安静一点的读书环境，他把大队的花圈仓库清理干净，就在这个破草棚里读书学习。一张办公桌和一张木板床陪伴他一个又一个不眠之夜，他在小茅草屋里秉烛夜读，有时候夜静得怕人，虽然孤单，但比起在猪窝里读书，已经好太多了。对于前两次的失败，他不气馁、不放弃、不服输、不低头，做到教学读书两不误，不声不响下功夫。苍天不负苦心人，1979 年他又参加了高考体检、政审。李纪龙担心重蹈覆辙，一是不敢吭声，二是只报淮阳师范，唯恐再过个空月子。即将开学的时候，一封录取通知书送到了他们校长手里，校长把通知书递给他时还说："纪龙啊，要知道你参加高考，我就不让你担毕业班的课了，多给你留点时间复习。"听了这句话，李纪龙禁不住落下了感激的眼泪。因为是第三次参加高考，别说校长，连父母他也没告诉，如果被人寄予厚望却再三失利，那样的打击，他恐怕就真的承受不了了。所以他选择了卧薪尝胆，校长不知情也在情理之中。

1979 年 10 月，李纪龙走进淮阳师范学校读书，如入宝山，陶醉于书香之中。他在文科一班班主任郭杰三老师的引领下，刻苦学习，勤奋读书，背了 200 多首唐诗宋词，有 100 多篇古文能熟读成诵，古圣先贤的正能量滋养着他的心灵。古文语言精练，道理深刻，育人养心，一字千金。文中的做人之道和处事智慧深深地打动了他，使他的心灵得以洗礼，眼睛为之一亮，胸襟为之开阔。聆听郭杰三先生、臧起初先生、赵自伦先生、赵金奎先生、安玉炳先生、刘占国先生和刘本在先生的教诲，如听仙乐，让他如沐春风，心清气朗，收获颇丰。那时候读书不敢说如饥似渴，如切如磋，如琢如磨，但也算勤奋刻苦，不敢有半点儿懈怠。也正是在那时，他意识到要走出黄土地，离开家乡去外地谋生，所以他就在读书之余锻炼身体，练习从小在家学习的传统武术——八卦拳和九节鞭。在淮阳师范的两年间他不仅读了一些书，还锻炼了身体，虽不敢说文武并举，但至少没有浪费这两年的青春时光！

书香激发教育情

师范生的见习过程十分重要，他在淮阳师范附属小学见习两个月，收获满满。李纪龙讲的《珊瑚》一课，得到名师钟凌云同志的认可，她给胡精民校长推荐道："李纪龙这个孩子会讲课，留附小是个好老师。"胡校长很认真地向师范总部提交了留附小人员的名单。在李纪龙不知情的情况下，1981 年 7 月 16 号他接到了留淮师附小任教的通知，从此他又一次踏上了从教之路，在淮师附小这个小院里一干就是 26 年。从读书到教书这一角色的转换，因为有一年民师的基础，所以十分顺利。很快领导就让他担任毕业班的数学课老师，同时还负责门卫工作，虽然只有 41 块钱的工资，但他干起活来好像有用不完的劲。白天教学，晚上读电视大学，星期天和张合营、李文全练习武术，忙得不亦乐乎。一心忙于读书上进，五年的青春岁月没有考虑自己的婚姻问题，无意中践行了"好男儿志在四方"的古训。

由于李纪龙用心教书，用心做事，用心读书，一心向善，加上他教的毕业班成绩不错，因此人气逐渐上升。1984 年，他因"舍己救人"的事迹，被共青团淮阳县委单独命名为"新长征突击手"，同年晋升为教导处副主任。1985 年他光荣地加入了中国共产党，又遇上了心仪的姑娘，并取得了电大毕业文凭，可谓是四喜临门。李纪龙自己把这一切都归功于党的培养，感恩老师和同人对他的热情帮助。他虽然年纪轻轻就担任了中层领导，但深感德不配位，于是继续坚持教高年级数学，在教学一线摸爬滚打，历练心智。他先后送走了 1984 年、1986 年、1987

年、1989 年和 1991 年五届小学毕业生（四、五年级循环），和老师们一块儿学习，一块儿读书，一块儿分享，一块儿进步。1991 年市教委任命李纪龙为淮师附小副校长，主抓业务。他在任副校长的时候，一方面创新评“三生”提高教学质量，一方面负责筹建临大同街的家属楼，同时坚持读书、教书、办《丑小鸭》作文报，以及自修河南大学汉语言文学专业。可以说，那时候他心中只有工作，没有家庭，更没有私心杂念，也没有照顾好孩子，一切的家庭重担都让爱人一人承担了，如今想来，他十分愧疚，觉得愧对妻儿和父母。

“要知松高洁，待到雪化时。”1996 年 12 月，地区教委人事科长范兴顺同志亲自带队到附小考察领导班子。1997 年 1 月 28 日，地区教委党组任命李纪龙为淮师附小校长兼党支部书记。上任伊始，面对已经乱了 3 年的人心，他从思想工作入手，想方设法正风气、聚人心、干实事、讲工作，以提升教师素养为重点，以改善办学条件为龙头，针对百十间平房教室“风天一身土，雨天一身水，遇上恶劣天气就停课”的现状，他反复分析、研判，向上级单位报告、请示，甚至把危房照片报送到市里和省厅，但效果甚微。根据“人民教育人民办，办好教育为人民”的精神，他动员社会团体和仁人志士捐资助学，呼唤大家奉献爱心，拯救孩子的未来。诚心动天地，爱心感百姓。教师带头，家长响应，带着温度和爱心的捐款积少成多，在短短一年多的时间内，拆除了百余间危房教室，新建了两栋教学大楼，设置了两个计算机教室。1998 年 9 月 1 日，孩子们如期坐在崭新的大楼里享受着现代化的教育。

他们学校还提出了“读好书，办实事，做真人”的校训，制定了校歌和“一训三风”，引领 2000 多名孩子读书学习，沐浴书香，健康成长。这一举动赢得社会、家长和领导的一致好评，淮师附小被评为河南省文明学校和河南省首批骨干教师教育培训实践基地，先后承办了 6 次全地区小学教育教研现场会，上万人次参观了花园式的袖珍校园，附小成为全市教育的一道风景。

书香助力办学梦

通过读书、教书、反思、感悟，已届不惑之年的李纪龙找到了“我是谁？我会做什么？我能做好什么？”的人生课题的答案，于是就萌生出“222”奋斗规划：办好两所学校，培养两个娃，撰写两本书。爱人笑他幼稚，但他用行动诠释了梦想成真的奋斗过程。43 岁生了第二个娃；天命之年，撰写并正式出版了《点击家教》和《一心探寻育人之道》两本书，还主编校本教材 10 余本；至于创办淮师附小分校——周口市实验小学，虽历时八年，四易校址，但梦想成真，得到社会认可。

随着 21 世纪的来临，中等师范学校全面转轨，师范附小“皮之不存，毛将焉附”？于是，李纪龙从 2000 年起就开始积极在周口市区创办分校。在“天行健，君子以自强不息”精神的鼓舞下，他上下呼号，东奔西走，运作八年，四易选址，终于“爱心染就一溪绿，诚心动天梦成真”。2007 年市委市政府关注民生，兴教办学，2008 年 8 月实验小学初成招生，8 月 28 日淮师附小 128 名教师全部整合到周口新校区教书。

周口市第一实验小学（2013 年更名为周口市文昌小学）校址处于东新区，四周全是庄稼地，交通不便，生活困难，环境亟待优化，吃住都是问题，加上老师每天从县城跑到市区教书，辛苦自不必说，安全隐患令人担忧。尽管如此，老师们怀着一颗赤诚的心，不辞辛劳，用心教书。李纪龙作为校长，更是把学习、读书、反思、提升自己放在了第一位。全校深入开展学习优秀传统文化，他和师生一起读背、体悟、践行《弟子规》和《朱子家训》等，并把学习古圣先贤的做人智慧与弘扬中华美德结合在一起，把古圣先贤的智慧融化在血液里，落实在行动上，绽放在生命里。为了用书香化育新时代的君子与淑女，学校大力倡导读书，积极开展课外阅读、高效阅读、群文阅读和经典诵读活动，用心打造书香校园、书香家庭和书香人生。书香伴着孩子们成长，书香助力师生们前行。

书香育人品德正

黄金非宝书为宝。通过认真读书，尤其是读古圣先贤的书，一些至理名言对李纪龙影响至深，如《道德经》中的“上善若水，水利万物而不争，处众人之所恶”。据此，他在文昌校园规划了清水河，曲水流觞，让水可“润物、隔音、吸尘、倒影”的四大功能展现在学生面前，让孩子体悟到“上善若水”——清白做人、低调做事的道理。通过学习《论语》，他们进一步对“君子”有了深刻的理解。孔子曰：“君子喻于义，小人喻于利。”“君子坦荡荡，小人长戚戚。”“君子周而不比，小人比而不周。”“君子怀德，小人怀土；君子怀刑，小人怀惠。”这些“做人讲良知，做事讲诚信”的铭训，对李纪龙启发很大。于是他就提出了“君子教育”，并在全校大力推行。以先贤为榜样，用古圣之智慧，化育新时代的学子，进而培养合格的社会主义事业建设者和接班人。为此，他们积极建设了百米绿色“孝德文化长廊”，将“八德”、陈州文化和当代名人书法浓缩在文化长廊，让全体师生耳濡目染，以达到润物无声的效果。他们还开展了一系列书香活动，把传统文化与学校教育紧密结合，把读经诵典与立德树人有机结合，把践行社会主义核心价值观与课堂教学高度融合，并编写了文昌小学晨课，让同学们晨诵午读，熟读成诵，内化于心，外化于行，体现在一言一行中。

文昌小学晨课内容：

君子气质

面必净，发必理，衣必洁，纽必结。

头容正，肩容平，背容直，胸容宽。

气象勿傲勿慢勿怠，
颜色宜庄宜和宜静。

感恩之心

感恩苍天阳光雨露
感恩大地淡水五谷
感恩祖国和平赐福
感恩父母生养衣食
感恩老师教导引领
感恩乡亲关爱护佑

价值观之歌

少年说，华夏情，富强民主中国梦。
读经典，行孝道，文明和谐品德高。
修身心，齐家国，自由平等心中乐。
讲安全，明事理，公正法治记心里。
勤实践，敢创新，爱国敬业常感恩。
能做事，会做人，诚信友善百事顺。

书香化育君子风

年幼时爷爷教李纪龙背诵《弟子规》等经典，嘱咐他做君子，并亲笔写下“握定主脑做事，拔出心肝为人”的家训。年轻时虽然不太懂“君子”的内涵，但是，他一直想做一名君子。他把人格看得高于一切，为了做一个正直的人，他舍弃“钱潮物流”，但是由于“道德”和“人格”的正能量作用，他无论遇到什么样的明枪暗箭，总能吉人天相，柳暗花明，最终事业小成，家庭幸福。因此，他坚持初衷不改，初心不忘，虽年近花甲，但童心不泯，爱心不失，善心不减，心如明月，朗照学生。闲观众生，他感悟良多，若以德才、修养、公私和惠及社会而论，人与人确有不同：

德高才大，气量高雅，大公无私，惠及众生的人谓之伟人；

德才兼备，胸襟坦荡，公而忘私，惠及社会的人谓之君子；

德才双修，胸襟宽广，先公后私，惠及他人的人谓之好人；

德大于才，心胸坦然，公私兼顾，惠及亲朋的人谓之常人；

德才平庸，心胸狭窄，先私后公，自私自利的人谓之愚人；

才大于德，心高气傲，损公肥私，损人利己的人谓之小人。

因此，诚请诸君为人处世当向往君子，乐做好人，不失常人之本，勿做愚人之事，远离无德小人。

书香引发读书潮

苏联教育家苏霍姆林斯基说，让孩子变聪明的方法，不是补课，不是增加作业量，而是阅读，阅读，再阅读。大量阅读，终生阅读，读“无用”之书，即教材之外的书，读“无字”之书，即大自然的书。一个人的知识和能力，三分来自课内，七分来自课外。什么是儿童最好的读物？经典的才是最好的。文化是什么？就是把经典的东西记下来，通过消化、理解、体会和感悟，内化为儒雅气质，外化为君子行动。有知识不等于有能力，有文凭不等于有文化。基于这一认知，李纪龙带领全体师生一直致力于国学经典的学习，读经典、讲经典，用经典提升自己的道德修养和人文情怀。为了让阅读成为习惯，让书香洒满校园，他用心做了如下工作：

营造书香氛围。文昌小学“利用晨诵午读一节课，开放两室一角一平台，通过一查二评三展示，落实一段一篇一文章”的规范化操作，营造书香氛围，强化阅读效果。

文昌小学院内每一块墙壁，每一株花草，一砖一瓦，一石一柱，都有文化之气，都含育人之理。这里有景石文化、走廊文化、楼梯文化、教室文化和报栏文化等，格言警句琳琅满目，经典诗文俯拾皆是，校训班规激情洋溢，目之所及无不被浓厚的文化所熏染。学园、花园、乐园相映成趣，自然、人文、景观和谐育人。

固定阅读时间。一日之计在于晨，每天 7：50 到 8：20 是晨读时间。这个时间，除了值日生做值日，其他学生只做一件事：诵读，大声读背国学经典。一至六年级有不同的国学读本，低年级读背《弟子规》《三字经》《百家姓》《千字文》，中高年级读背《孝经》《治家格言》《增广贤文》《论语》《道德经》《大学》等，每期一个读本，每天反复诵读，期末达到熟练背诵的水平。

老师们坚持周一至周四每天上午第一节，分组（领导组、语文组、数学组和综合组）集体诵读《弟子规》《朱子家训》等，并结合生活实际现场谈体会、话心得、讲感悟，分享经典智慧，规范自身言行。每周一下午的业务学习时间，校长带头分享读背国学经典的收获和感悟。

强化读写效果。语文教学的核心内容就是培养孩子们的“听、说、读、写”能力。为了强化读写效果，学校本着“采集文艺小花，鼓励儿童笔耕，培养审美情趣，提高教育质量”的宗旨，成立了“丑小鸭”文学社，创办了《丑小鸭》作文报（已出版了 150 期）。并和《周口晚报》联合创建小记者站，引导小学生读书、观察、思悟、练笔、投稿。《丑小鸭》作文报开设有校园动态、教师心声、习作乐园、数学王国、艺术天地、写作辅导、佳作赏析、诗词助读、书画欣赏、开心一刻、家教点击、知识博览等十几个栏目，编辑出版了“丑小鸭文集”三本，为数千名儿童提供了作文登报的机会，被外地报刊转载文章 500 多篇，有 200 多人在各级作文大赛中获奖，有 36 人成为《中国少年文学家》记者。《丑小鸭》作文报还先后被评为全国首届“社报、社刊、社团”大赛一等奖，得到了著名作家高玉宝，原省教委主任、省教育学会会长徐玉坤，中国作协会员李卓凌，全国小语会理事长崔峦等知名人士的热情关注和亲笔题词。《周口晚报·小记者报》上经常有他们学校小记者的文章发表，仅曾庆翠老师一人就指导学生在《周口晚报》公开发表文章 200 多篇。

教师榜样引领。孔子曰："其身正，不令而行，其身不正，虽令不从。"为官如此，为师更是如此。教育的至高境界——身教重于言教，优秀的教师必然教出卓越的学生，而优秀和卓越在于持续的学习和不断的成长。为了鼓励教师学习，学校在经费短缺的情况下，抽出资金为每一位教师购置配发了 12 本国学经典读本和一部国学机，并鼓励教师每年至少订阅一份报纸杂志，每学期至少读一本教育专著，每月读一本教材之外的书籍。好书大家读，美文共赏析。一起探讨，以文会友，相互切磋，共同提升。全校教师已在各级报纸和学术刊物上发表文章逾百篇，并编辑出版了《弦歌新韵》《养成教育》《品味生活》《文昌新卷》《高效阅读》《古诗文赏析》《点击家教》《一心探寻育人之道》和"丑小鸭文集"（1、2、3 卷）等校本读物。

活动体验深化读书。古人云：纸上得来终觉浅，绝知此事要躬行。学校把读书与社会实践相结合，让学生在实践中增长见识，在活动中体验感悟。开展春游活动，深入大自然读无字之书。孩子们走进公园、植物园，不仅感受到春天的活力和大自然的神奇，而且培养了热爱、敬畏和感恩之情。举办庆"六一"文艺汇演，搭建检测素质教育的平台，在展示中让孩子们领略成功的快乐。端午节开展"诗词大会"，孩子们利用抢答器争相发言，不仅学会了团队合作，而且培养了竞争意识。举行迎国庆放歌活动，同学们用歌声抒发对祖国的热爱之情，强化爱国情怀。每年 12 月 26 日，隆重举办"红色诗词大会"，诵读大气磅礴的爱国诗词，激发爱国之心和感恩之情，传承红色文化，弘扬革命传统。

书香熏陶家族兴

曾国藩认为，一个家族的兴旺，能从这三点体现：一是早起，二是勤俭，三是读圣贤书。李纪龙在营造书香校园的同时，格外注重引领他的儿子、侄子和其他家族成员读书学习，鞭策他们以书为友、读书为乐、明白事理、孝亲爱幼，通过读书提高自己的品德修养和综合素质，努力把“黄金非宝书为宝，万事皆空善不空”的道理落到实处。李纪龙利用为老母亲贺寿的机会，教育孩子们一定要尊老敬老、好好读书、自强不息、厚德载物，让年轻的一代学会自立自强、孝亲爱国、正直为人、诚信做事，他希望孩子们心存善念、常做善事、广结善缘，惠民济世。

孩子们不负所望，个个心态阳光，积极向上，敬业实干。李纪龙的大儿子 26 岁博士毕业；小儿子 9 岁时获省级竹笛比赛金奖，14 岁获河南省读书活动演讲比赛第二名；侄子侄女们也都接受了不同层次的教育，家族中有博士、硕士、学士，分别从事科研、医生和教师工作，孩子们自食其力，也做了一些有益于社会的事情，还拥有了幸福的小家庭。作为一个农村家庭，孩子们通过读书改变命运，通过奋斗奉献才智，这不仅是孩子们的福气，也是书香人生的成功，更是新时代人民幸福生活的缩影。

李纪龙在读书、学习、实践、反思、提升的过程中，逐渐形成了一些想法，于是他就将其整理出来，编辑成书。他撰写的《一心探寻育人之道》一书，2016 年荣获河南省教育科学研究成果专著类一等奖。他也先后被评为河南省特级教师、河南省家庭教育专家、河南省教育系统管理优秀人才、河南省学科带头人等，而这一切的取得与爱读书、好学习、肯思考、能践行是分不开的。

市局的一位领导说：“纪龙啊，你是一位好儿子、好丈夫、好爸爸、好校长！”李纪龙心里明白，他做的还有欠缺，但有书香滋润、书香引领，他会一步一步向前行、向善行，生命不息，奋斗不止！

附李纪龙撰写的打油诗作为结尾：

自　嘲

半百住上自家房，半生心血倾学堂。
半教半研半笔耕，半数桃李成栋梁。
半世修德赤子心，伴贤子孝家兴旺。
半文半武留余庆，半智半愚乐而康。

小　照

不嗜烟酒不玩钱，不厌读书不偷懒。
不失率真不追风，不惧权势不欺软。
不搞阴谋不损人，不折腰板不食言。
不做坏事不亏心，不羞子孙不愧天。

童心乐

年逾半百心若童，沧桑不损仁者容。
良田千顷车马喧，莫如读书意淡定。
杏坛耕耘心年轻，教书育人惠学生。
喜看桃李竞风流，播种太阳享光明。

三鞭情

少小放羊挥绳鞭，割草拾柴法自然。
教鞭彩绘育人道，立德树人美梦圆。
九龙钢鞭即兴舞，修身养性享天年。
手握三鞭过红尘，孝义传承子孙贤。

营造家庭浓厚的读书氛围

——朱良孝家庭读书故事

朱良孝喜欢读书，这是他从小就养成的习惯。读书一直伴随着他的成长，从小学、中学到大学，再到参加工作。尤其是参加工作后，即使再忙，他每天也要抽出一两个小时来读书看报。朱良孝给自己准备了两个本子，一个是摘抄本，看到优美的段落随手摘录下来；一个是剪报本，从报纸上看到好文章，为了更好地收藏，就小心地把它剪下来，再粘贴在剪报本上。多年来，他已拥有了厚厚几尺高的剪报本，闲暇时拿来边看边品，别有一番滋味。从五彩斑斓的文字中悟出人生的哲理，学会工作的方法；从无比芬芳的书香中汲取精神滋养，寻找生活的乐趣。最让他感到欣慰的是，他把爱读书的习惯传递给了孩子。

女儿在很小的时候就受朱良孝的影响，每当他读书时女儿也急着找书看。看到女儿爱读书，他有意去培养她的阅读习惯，每个周末都要抽出半天时间带她去图书馆或是书店，在少年儿童读物前，给她介绍一些适合她年龄段的书籍；每次出差给女儿带回最多的也是书籍，她也总是爱不释手。从《一千零一夜》《安徒生童话》《格林童话》，到《童年》《在人间》《我的大学》，再到《复活》《战争与和平》《巴黎圣母院》等，在润物细无声的滋养中让孩子沐浴经典的光辉，汲取多方面知识的营养。初中毕业时，女儿已把朱良孝推荐给她的书籍全部读完。除了读名著，她还特别爱看《读者》杂志，从初一开始，每期必买必看。她不仅从这些书籍报刊中学到许多做人的道理，还变得更加有爱心。看到有几期《读者》杂志刊登了“为偏远山区弱视孩子捐款”的启事，她主动拿出自己的稿费和一些零花钱，让妈妈陪她一起去邮局寄给那些需要帮助的孩子。女儿的这一善举，让朱良孝受到了感染，他也为偏远山区的孩子捐了款。

女儿的大量阅读促使她爱上了写作，除了老师布置的作文外，她自己专门准备了一个笔记本，课余时间写些散文、诗歌。作为家长，朱良孝和妻子也特别支持孩子，想帮她成就文学梦想，总是精心地把她写的作文一篇篇打印出来，然后试着往一些省市级的报刊投稿；同时也注意收集一些全国性作文比赛的信息，并鼓励孩子参加。一分耕耘，一分收获，女儿的作文《品味秋天的气息》被收录到河南人民出版社出版的《小记者佳作欣赏》一书中；作文《阅读眼睛》《生活就是舞台》曾在《新民晚报》发表；作文《守望书中明月光》获第十九届“语文报杯”全国中小学生作文大赛省级二等奖；作文《书中的他丰富了我》《读〈简·爱〉有感》分别在河南省中小学生优秀作文评选中获一等奖、二等奖。

茶香怡人，书香养人。朱良孝希望每一个家庭都能营造出一种浓厚的读书氛围，从而让更多的人来接受书籍的滋养，陶冶性情，提升人生品位。

阅读浸润岁月 书香氤氲人生

——杨彦涛家庭读书故事

大千世界，生命繁多，唯有读书，人类独享。

杨彦涛自幼跟随姥姥、姥爷长大，没有上过幼儿园，一起玩耍的小朋友也不多，生活自然乏味。然而有了书，乐趣油然而生。

七岁的时候，爸爸出差回来，给杨彦涛带回了一本连环画《在人间》。书里的高尔基是那么迷恋读书，在绘图师家里做学徒，由于疏忽把水壶给烧坏了。老太婆用木柴打高尔基的背，刺扎进了皮肉，之后医生挑出了 42 根刺。高尔基因为这件事获得了读书的“资格”，杨彦涛也受到高尔基的感染，养成了爱读书的习惯，而且终生不渝。

杨彦涛记得到表弟乔西家去玩时，表弟的邻居毛毛有很多连环画，杨彦涛整个上午或下午都在那里看书，有一种拾到大钱的感觉。当然印象最深的还是高尔基的《童年》，因为读到高尔基的姥姥使他想起了自己的姥姥，一样的慈祥、隐忍，而他的姥爷却没有高尔基的姥爷那样凶狠。杨彦涛仿佛变成了高尔基，心中忘不掉书中的情节。那时候，他的所思所想都是连环画。

有一次，姥爷给杨彦涛两毛钱让他买一盒香烟，他给姥爷买了盒一毛二的烟，腾出八分钱买了本连环画。姥爷不满意地“哼”了一声，还告诉他以后不能这样。不过，杨彦涛以后还是照做，姥爷也不过如此表达一下罢了！当然，他从姥爷那里要的一分、二分的零花钱也都攒起来买连环画了。

后来，姥爷病了，半躺在床上，杨彦涛的姨妈和舅舅到家里来看望姥爷，这时姥爷最得意的事情就是让他拿出作文读给他们听。尽管他告诉姥爷作文是抄报纸拼凑起来的，姥爷还是要他念，好像这样能展现他外孙有多么了不起的才气似的！

小学四年级，杨彦涛在新华书店买到了高尔基的《我的大学》。从此，“一定要上大学”这颗种子就根植在他的心中。

命运不济，高中毕业，杨彦涛没有考上大学，子承父业，他成了一名卡车司机。但杨彦涛依然热爱读书，仓库、货场、煤矿、山谷、河滩……凡是卡车停下的时候，卡车所到之处就成了他的阅览室。

二十四岁时，杨彦涛结了婚，他开始给妻子读书，有时，妻子听着《格林童话》躺在他的身边就睡着了；后来有了女儿，女儿每晚睡觉前，不是让他唱催眠曲，就是让他读书给自己听，女儿常常听着《安徒生童话》入眠。

书读多了，心里的养分充足了，埋在杨彦涛心中那颗要上大学的种子发芽了。

后来，杨彦涛如愿进入北京对外经济贸易大学，读书期间，除了专业的教科书，他每周诵读一次《古兰经》。毕业之后，他做翻译工作，无论走到哪里，包里总是少不了一本心爱的书。

教育可以挺起一个民族的脊梁，而读书是非常重要的教育手段。在欧洲发达国家和美国，无论是在公共交通工具上，还是在街头、公园，你总能看到人们在读书。在美国自由女神基座下面，一对母子靠着基座墙体读书的画面一直萦绕在杨彦涛的脑海。美国的强盛与读书不无关系！前一段时间，有人批评印度工程师所写的《令人忧虑，不阅读的中国人》，说这是美国用来颠覆中国的文章。杨彦涛认为我们应该引以为戒，号召全民读书。中国如果变成一个教育强国，综合国力自然而然也会更加强盛。

读书，可以用不同的方式。

一个人独处时，一般默读。

读诸如管理、营销方面的书籍时，因为写书的人一般都加水分，需要跳读。古人云：真传一张纸，假传万卷书。一个人怎么可能贡献出来那么多的精华？既然不是精华就不要去咀嚼，快速浏览就行了！

经典的、挚爱的文章在默默品读之后需要朗读，甚至是手舞足蹈地朗读，因为身体是有感悟功能的。读书这么好的事情有了身体的参与会更加美好！

比朗读再高一级的就是朗诵。朗诵就像用有声语言来描绘图画，文学作品本身就是你绘画的素材，声音是你的画笔，高低、轻重、起伏是绘画的技法。所以，能使文学作品更加美丽、更加高雅、更加生动的途径就是朗诵。杨彦涛他们全家人一起聚会时，大家分享偶得的好文章，一定会有人朗诵，而他的母亲总是最好的听众。

朗诵，在他们家已经形成了三代人的梯队。最早是 1976 年，杨彦涛的三叔带领他们这一帮子侄辈的人朗诵《西江月·井冈山》；到了二十世纪八十年代，上海的表叔用他那略带上海味道的普通话，给全家带来了全国第一流的《夜半歌声》的朗诵；到了杨彦涛这一辈，其朗诵就开始获奖项了，还都是英文的朗诵；后来杨彦涛的女儿在河南大学举办的英文演讲比赛中获得了冠军，他的侄女在全国第二届青少年英语技能大赛的比赛中夺得了全国冠军。如今，杨彦涛的女儿通过读书，研究生毕业后已在美国工作。

读万卷书，行万里路。不管到哪个城市，到书店里转一转已经成了杨彦涛的一种嗜好，站在书店里，他心里感觉很舒服。即使是到伦敦参加会议，或者是女儿带他到纽约游览，杨彦涛也总是要到书店里转转，感受一下异国他乡书店的氛围。

每个人的童年都是天真无邪的，充满着真善美。但随着年龄的增长，会受到来自社会方方面面的污染，受到种种陋习的侵扰，而读书正是清洗污染、屏蔽侵扰的一个重要手段。

读中国古典哲学、中国圣贤文化，杨彦涛感觉书中的道理与姥姥和奶奶给予他的教育是何其相似。中华优秀文化的主旋律就是一个“善”字，它一直根植于民间，代代相传、生生不息。

书有经典与平庸之分，有益的是营养，有害的是病毒。选择权在每一个读书人手上，但读什么样的书就会成为什么样的人！

如今，54 岁的杨彦涛回望过去，尽管人世间有种种纷扰、鄙夷、迷惑和无奈，但时常亲近书籍使他并未远离初心。向着初心前行，就有更多的坦然。

腹有诗书气自华！读书人的那种优雅、那种光彩照人，是金钱无法粉饰的，那是一种发自灵魂深处的潇洒！

让我们一起读经典、读名著，与美好的书籍做伴。读书、践行，美好地生活！

阅读中她和孩子都在成长

——刘小红家庭读书故事

刘小红，硕士研究生，毕业于华东师范大学，主修学前教育专业，现在周口师范学院工作。丈夫夏超豪，本科学历，现为公司职员。女儿夏梓菡，四岁半，年龄虽小，读书不少，是周口市图书馆青少年借阅部的忠实读者。

这世上最有趣的，第一是人，第二是书。因为，书能使人抓住这个世界秘密的核心。教育家夸美纽斯也说："书籍是培植智慧的工具。"

阅读的重要性毋庸置疑，给孩子从小培养起一种阅读习惯，会让他终身受益。我们大部分的经验属于间接经验，阅读可以给我们提供精神营养，让我们的精神世界变得更加丰富。好书是能滋养心灵一生的东西。

刘小红从小喜爱阅读，也是读书改变了她的命运，一路读书读到硕士，这个过程虽苦，但更多的是满满的收获。她深知读书的重要性，因此有了女儿后，就不断给女儿买书，从一开始的布书，到后来的纸质书。如今，她还常常为女儿借阅图书馆的书，在这种影响下女儿也渐渐地爱上了阅读，这让刘小红很欣慰。

女儿非常喜欢和妈妈一起阅读，每晚临睡前，女儿必说的一句话：妈妈，看书。然后母女俩就开始讨价还价，女儿总是贪心地想要多看几本。虽然刘小红总是有意减少女儿晚上看书的数量，但心中是喜悦的，难得女儿能如此想要多读书。也是女儿从小读书多的缘故，虽然她现在只有四岁半，但小小年纪的她经常可以脱口而出各种高级词汇或很棒的句子，如"形影不离""无精打采""迫不及待""你要做优雅的女孩""逃之夭夭""雾气蒙蒙，屏住呼吸"等，这让刘小红惊喜不已。对刘小红来说，最幸福的时光就是和女儿一起在家或在图书馆进行亲子阅读时，女儿像个话匣子一样问个不停，对书中的故事充满了好奇。

为了给女儿做好榜样，他们家床头的小书架上从来都不缺书，有女儿的书也有刘小红的书，且经常更换。当她看书时，女儿会羡慕地问她书上都有什么字。她说："等你认识的字多了之后，就可以自己阅读了。"

在上学期间，刘小红就积极参与各种征文活动，还获过多种奖项。

工作后虽比较忙，但是再忙她也会抽空读点书。刘小红很喜欢那种坐在图书馆安静读书的感觉，内心平静如水，非常舒适，在图书馆心灵都是很干净的。

刘小红认为，阅读能使人超越动物性，不致沦为活动木偶、行尸走肉，停止阅读就意味着切断了与世界、与心灵的沟通，人生就进入了死循环。阅读能让人生变得更加丰富，能让人的灵魂变得更加丰满动人。

刘小红家的读书故事，简单、丰富、幸福，在阅读中她和孩子都在成长。孩子在成长，成年人同样不能拒绝成长，阅读可以让人成长得更好、更稳。

周口历史文化的传承者

——王羡荣家庭读书故事

王羡荣，男，1934年出生于周家口文化街，现居周滨社区。由于家境贫寒，1947年小学毕业即辍学当店员。1951年2月参加工作，先后在周口市供销社、商丘地区供销社、周口地区商业局和周口地区财贸干校工作。1986年任周口地区财贸干校科级办公室主任。1993年加入中国共产党。2010年毕业于周口市老干部大学电脑班。工作之余刻苦自学文学，博览名著，练习写作。1954年以来，在《人民日报》《河南日报》《大公报》《周口日报》《周口晚报》《周口文史资料选辑》和其他杂志上发表文章800多篇，摄影图片80多幅，并被评为模范通讯员。2012年著《依然颍水漳波痕》一书（近30万字），免费赠送，介绍了周家口的街巷风情、古镇习俗、会馆庙宇、行业商号和民间故事等，对周口地方历史文化研究做出了抢救性和补救性的重要贡献。还用四年时间收集资料，参与编著反映周口姓氏历史文化的《周口王姓》一书。1985年以来，被市政协聘为文史研究员、编委，并任周口市集邮协会副会长、周口市直老干部摄影家协会副会长、周口市王姓历史文化研究会副会长兼秘书长、周口市直戏迷协会会长和中国老年书画研究会会员。曾被国家邮政局、中国商业经济学会、河南省邮政局、河南省社科联、周口市政协、周口市社科联和周口市老干部局等单位评为先进个人。2017年荣获教育部成人教育“百姓学习之星”称号。

王羡荣的日常工作总是排得满满的，每年要给市、区政协写几篇周口文史文章，并参与编辑、校对工作。2016年以来一直为《周口晚报》“文化周口”专栏供稿，每周两版；每周五参加周口市直书画研究会活动；周四参加周口市直老干部摄影家协会活动，外出采风，组织摄影展；还不断参加有关会议或讲解文史等。老伴说他虽然已经退休，却比上班还忙，因为他有时在电脑前整理资料，老伴几次叫吃饭，饭凉了他还没站起来。

王羡荣历来有读书看报的习惯，也因此形成了良好的学习家风，全家都爱读书看报，关注国家和世界时事。他每天上午只要不外出办事，便在家等着看报，有时报送晚了，便给送报员打电话问原因。老伴坐在院里乘凉或晒太阳时，总是给家属们解读报纸，宣传党的方针政策。晚上睡觉前他与老伴总要看一会儿报，将看到的新闻互相传达一下，儿女们回家也总是先找报纸看，爱不释手。单位给订了《周口日报》《老人春秋》，他自己又订了《周口晚报》和《益寿文摘》，一家人轮流看。

王羡荣的儿子王涛在周口二高宣传科工作，负责摄影、宣传；大女儿伟玲在中原银行做会计工作；二女儿伟俐在人寿保险公司任主管；孙女文思毕业于郑州工业大学，本科，获设计、摄影两个学位，现在杭州一家企业搞设计。全家人和谐团结，积极向上，工作成绩显著。儿女们学习好，素质修养也好，他们互敬互爱，团结互助，从来没发生过矛盾，对二老十分孝顺，不忙时三天两头回家看看，忙时也会打电话问好。

家庭教育事业的忠实践行者

——范云峰家庭读书故事

范云峰，男，汉族，1976 年 2 月出生于周口市淮阳县，现任周口市教育体育局校外教研室主任、周口市教育体育局关工委副秘书长、周口市教育体育局家庭教育指导中心主任、中学高级教师。近几年，全力参与周口市“党的创新理论万场宣讲进基层”活动，在全市开展公益讲座百场以上，分享主题分别有：“不忘初心　牢记使命——践行社会主义核心价值观永远在路上”“弘扬时代新风，构建家庭美德”“争做四有好教师，成就幸福人生梦”“为了孩子，唤醒自己”“家庭教育从家长自身改变做起”“关系与管道理论”“新时代如何做一个好儿子、好丈夫、好父亲”“孩子成长之路，我们共同关注”等。

范云峰在四世同堂的大家庭里开展家庭读书活动，谈生活感受，谈学习心得；他在社会讲堂上开展公益讲座，谈家庭教育，谈孩子成长；他下基层，进学校，开展家庭教育讲座，谈家校联合新理念，促进亲子关系融合。

范云峰是一位从农村出来的地地道道的教育工作者，上班 22 年来，他坚持政治理论学习，认真学习毛泽东思想、邓小平理论、“三个代表”重要思想、科学发展观、习近平新时代中国特色社会主义思想，自觉与党中央保持高度一致；积极学习业务知识，干一行爱一行，争做行业带头人；尽力关注家庭教育，为教育事业奉献一份爱心，为家长、为学校、为社会做好家庭教育服务工作，开展读书活动和公益讲座。

买书、读书成为大家庭消费习惯和生活常态

《曾国藩家书》是范云峰上学期间买的第一套书，从那时开始他就养成了经常买书的习惯。范云峰刚刚参加工作时，《读者》《青年文摘》《演讲与口才》等成了他办公桌上的常客，逛书店也成了他生活中的一部分。后来，结婚生子，育儿图书、生活用书、儿童故事书、中小学生课外读物、家庭教育书籍、国学书籍、名人传记、心理学专业书籍等应

有尽有，家里的书柜变成了整墙书架，后来有了书房，现在藏书 2000 多册。

逢年过节、工资调高、得了奖金补助或者有了额外的小收入时，都是范云峰给自己、给家庭买书的时候，总感觉逛逛书店、买几本书才是对自己的奖励。对儿子奖励最多的，就是陪儿子逛书店，让儿子自己挑选自己喜欢的书籍。买书奖给自己，买书奖给儿子，买书送给家人，买书送给朋友，买书成了他的习惯，买书成了他家的一种消费习惯。

范云峰家是四世同堂的大家庭。近几年，这个大家庭多了一次又一次的聚会，那就是进行家庭集体学习。大家聚在一起，畅所欲言，你一言我一语，聊生活小事，聊国家大事，聊家庭收入，聊家庭开支，聊家风建设，聊培养孩子，聊孝敬父母，聊就业，聊工作，聊怎么做人，聊怎么处世，等等，可以说是无话不谈。

最近的一次大家庭集中学习，以范云峰母亲为中心，范云峰弟兄四人的小家庭全员参与，学习进行了三个小时。

首先，范云峰给大家分享了生活中如何真尽孝。孝敬老人，从过好自己的小家庭生活做起，从经营好自己的家庭做起。“身有伤，贻亲忧”，珍爱自己，让自己的身体更健康，不给晚辈添麻烦，不让老人担心，就是真孝；小家庭做到夫妻关系和睦，给晚辈做个好榜样，不给老人心里添堵，就是真孝；“德有伤，贻亲羞”，与人交往，为人处世，把德藏心中，以德服人，以真做人，就是真孝；“兄弟睦，孝在中”，兄弟姐妹做到大团结，小事让之以礼，大事让之以理，就是真孝。

其次，大家探讨了范云峰在外做家庭教育公益讲座的事情。范云峰如实向大家汇报，社会上有人说他在讲国学，他解释说不对，国学太大、太广、太深，自己还真讲不了；有人说他在讲传统文化，范云峰解释说不对，中华优秀传统文化是他最想学习和追求的，他还真讲不好，也不敢讲。范云峰说他就是在分享家庭美德，就是在为弘扬时代新风、构建家庭美德方面做服务，想让更多的人知道应该如何经营好自己的人生，经营好家庭，给孩子以积极的影响，做好家庭教育。在这个环节上，上高三的侄子给范云峰上了一课，建议他再缩小主题的范围，就分享“如何经营好自己的人生”。一个人把自己做好了，什么事都能做好；一个人不能做好自己，什么事情也做不好。

他们经常进行家庭集体学习，这已经成为范云峰大家庭的生活常态。

周口市图书馆四楼有一个醒目的牌子“沙颍讲坛”，范云峰在这里公益分享过两场家庭教育讲座，这里更是他学习和受教的地方，在这里他结识了很多良师益友。在沙颍讲坛，他结识了周口师范学院的领导和教授，跟着教授们学习中华优秀传统文化，学习国学，学习家庭教育，学习教书育人，学习如何改变自己、做好自己；结识了图书馆的领导和朋友，跟着他们学习怎么在生活中好好读书，读什么书，怎么领着家人读书；结识了老子文化学习活动的组织者和引领老师，跟着老师们学习在实际生活中如何学道、如何悟道、如何行道；结识了家庭教育专家，跟着专家们学习如何从心理学、从实际出发做好家庭教育工作，为更多的家长朋友们做好服务，让更多的孩子、更多的家庭受益。

让家成为尊老爱幼的港湾

“家和万事兴，百善孝为先”成了范云峰家的一枚爱心印章，这枚爱心印章，见证了范云峰母亲七十周岁生日庆祝活动。生日当天，范云峰母亲为大家发放国学书籍，每一本书上都盖有“家和万事兴，百善孝为先”字样的爱心印章，这枚爱心印章始终提醒着每一位家庭成员，要尊老爱幼，要学习进步，要提高自己，要用真心经营好家庭。

范云峰家以老人为核心，生活其乐融融。在他们家，老人得到大家的尊重，享受天伦之乐，老人也是大家学习的榜样——勤俭持家，团结邻居，待人友善。家里的年轻人，奋斗在自己的工作岗位上，兢兢业业，踏实能干，敢做敢当。高兴事，在大家庭里分享；烦心事，在大家庭里诉说。婴幼儿和适龄学子，在大家庭的爱心护佑下健康快乐地成长，天天开心。他们家真是幸福的大家庭和爱的港湾。

走出去，世界就在眼前；走不出去，眼前就是世界。外面的世界很精彩，小孩在成长过程中需要去经历、去感受，老人也是一样，老人同样需要带着一颗童心去游玩世界、去体会人生的美好。要孝敬老人，养育孩子，就多到外面的世界走走转转，孝在旅途，爱在自然，每段旅途都会有不一样的收获，美好与奇迹往往就在大自然中等待着我们去发现。

鉴于这种认识，范云峰这个大家庭有很多的时光都是在愉快的旅途中、在美好的大自然中度过的。2005 年五一小长假，一岁半的儿子在爷爷奶奶、外婆和爸爸妈妈的陪伴下，出发去青岛崂山。老人们和孩子都是第一次见到大海，内心无比激动和喜悦。从此开始，大家庭的旅途一站又一站，一年又一年，一起走过全国各地的六十多个主要城市和景区，孝在旅途，爱在大自然，他们做到了。西部，到达西安，一睹兵马俑的历史奇迹，欣赏大雁塔的伟岸，聆听西安事变的精彩故事。东部，多次到达上海，东方明珠、外滩、南京路步行街是必去的地方，在辰山植物园、泰晤士小镇中看到了经济大都市的另一种美。南部，美丽而又清净的普陀山令家人们流连忘返，因西湖著称的杭州更是家人们多次前往的地方，还有小桥流水的乌镇，美丽而又历史厚重的南京城，以及文化名人群聚的绍兴都留下了家人们的欢声笑语。北部，政治中心首都北京，更不能没有家人们的足迹，还有美丽的内蒙古大草原，别有风味的库布齐大沙漠，既有家人们欣赏游玩的镜头，还有孩子们边玩边捡垃圾的画面。美丽的中原，看过登封嵩山少林寺实景表演，赏过洛阳牡丹，游过洛阳龙门石窟，还有八朝古都开封，诸葛亮久居之地南阳，省城郑州的中原福塔、黄河岸边，处处有一家人的旅途故事。

特别是父亲身患肺癌之后，范云峰大家庭的旅途计划不仅没有停下，反而更加紧密地实施。在父亲最后的岁月里，他们放弃了专家的化疗方案，选择了让父亲到全国各地走走转转；放弃了医院，选择了景区；放弃了医生和护士的治疗，选择了亲人的陪伴；放弃了病人的医疗生活，选择了正常的家庭生活。奇迹就在大家庭的爱中产生，父亲的生命又延续了将近四年，时间上超过很多肺癌患者，生活质量得到最大程度的保障。父亲生命的奇迹，是亲情陪伴创造的，是大自然的力量创造的，是父亲自己的乐观和坚强创造的。孝在旅途，爱在自然，是他们家庭的真实写照。

家庭分享会谈人生

范云峰的家庭成长分享会出奇成功！

看似没有主题，从个人到小家、大家、国家；又始终没离主题，个人成长到小家变化、大家变化、国家变化。

成员如此之全，有 74 岁老人，有 14 岁初中生，有老板有员工，有教师有学生，有医生有病人，有干部有农民，有在职的有退休的，有在校的有毕业的，有上班的有待业的……有主持人，有助手，助手帮助主持人拉回跑题太远的人，帮助主持人提醒发言少的和没发言的家人发言。

整个分享会，全员参与，积极主动，有分享，有讨论，也有争论。主持人说自己的成长感受，说出对父母的歉意和谢意；医生说自己的成长环境，比喻自己是泥潭中的种子，不管周围如何，应好好经营自己。范云峰配合老母亲一起说出老人对子女的终身教育：别人的物品再好，给是给、要是要，不多拿一分；做人做事三条路走中间正道，小道偏路不可选。主持人父亲感慨孩子的成长变化，长江后浪推前浪，提醒孩子多学习，知识就是财富；主持人母亲畅谈家庭幸福、孩子懂事，说是过了个最高兴的小年，喜极而泣……分享多多，大家情不自禁地多次鼓掌。

家庭学习会结束后，家庭学习成长群里的三条留言足以说明大家意犹未尽，收获满满。

主持人：感谢家庭会议，让我们学到更多，成长更快！

助手：谢谢今天的主持人郭振同学，成长是共同的，力的作用是相互的！

主持人母亲：谢谢云峰组织的场场家庭聚会，使每个家庭和和睦睦，多了欢声笑语少了烦恼。谢谢！谢谢！

五回家乡开讲座，弦歌台乡亲动真情

有一座北方的水城，它的名字叫淮阳，是范云峰出生成长的地方。范云峰先后五次受邀到淮阳开展家庭教育公益讲座，受益听众五百人以上。

范云峰三次来到淮阳县图书馆道德大讲堂，分享了“家庭教育从家长自身改变做起”“关系与管道理论”“孩子成长之路，我们共同关注”。淮阳图书馆道德大讲堂给他的印象是，那里是一个充满爱和感恩的地方。特别是最后一场，范云峰与爱学习的家长朋友们分享了“孩子成长之路，我们共同关注”。讲座上，范云峰就孩子成长路上的自卑与自信，内向与外向，与内向孩子之间建立“耐寒区”，挖掘孩子潜力，出现重大变化的家庭如何让孩子特别是内向的孩子去接受去适应，如何面对校园欺凌等六个方面的话题分享给家长朋友们，并进行了互动学习。最后大家都很认真地谈了感受、收获和今后打算，效果很好！

弦歌台，一个令范云峰神往已久的地方，他和乡亲们、同人们齐聚一堂，共同分享了“我们拿什么奉献家庭”。不忘初心，牢记使命，从小家到大家到国家；从学习党的创新理论，到每一个人要成长自己，奉献家庭，奉献社会。同人们认真学习，乡亲们听得入迷。让范云峰感动的是一位带着草帽的老人，从头到尾全神贯注，最后还主动站起来谈了自己的学习感受。这位戴着草帽的老人当时分享道："大家好，我是一位农村老党员，今天真是学到了真东西，老师教我们怎么过日子，我第一次听这样的课。刚开始我以为又是一场做广告卖东西的活动，听着听着知道自己判断错了，这是教人们咋学习、咋过家庭生活的，越听越有味，我就坚持听到了最后。我感恩国家、感恩党、感恩人民，这样的学习方式好，通俗易懂，我一个老农民都能听懂。最后我提个建议，以后多开展这样的宣传活动，讲到农村去，讲到我们村庄去，让农村党员和老百姓也学一学习近平新时代中国特色社会主义思想是如何在家庭中落地开花的。"

让家庭教育讲座走进教师集体学习的课堂

教师是传道授业解惑者，为了更好地培养学生，需要家庭和学校联合，教师需要和学生的家长保持联系和交流。教师在家是自己孩子的家长，只有努力做称职的家长，才能做更好的老师。所以，让家庭教育讲座走进教师集体学习的课堂，既是教育教学工作所需，也是教师家庭生活所需。因此范云峰努力让家庭教育讲座走进了基层学校教师课堂，走进了中心城区学校教师集体学习课堂，走进了市直学校教师例会学习课堂，这些讲座深受广大教师欢迎。

范云峰先后在周口市十八中、十九中，周口市文昌小学、纺织路小学、莲花路小学、六一路小学，以及市直幼儿园、新纪元幼儿园，与教师一起进行了家庭教育讲座分享。2019 年 3 月 25 日下午，范云峰在六一路小学做"为了孩子，唤醒自己"家庭教育专题讲座，该校全体教职工参加了学习。他结合自己的教育经验，从"空瓶子理论"实验入手，直观地给教师展示，让教师们明白"孩子像一杯清水一样，家庭环境影响孩子的成长，呼吁家长给孩子提供清水一样的环境"。还结合生动鲜活的例子告诉教师，要通过学习吸收正能量唤醒自己，从“不抱怨”“不撒谎”“尽己责”三方面做了深入的阐述和精彩的讲解，教给教师教育孩子的科学方法，帮助教师树立正确的家庭教育观念。让大家在聆听理论的同时反观自己的日常教学。大家感触良多，受益匪浅，不仅认识到家庭教育在学生成长中的重要作用，同时明白了教育是用生命影响生命，要想把孩子教好，自己必须多学习，通过改变自己的人生高度来教育孩子。

教育的根基在于培养好家长

中国有句老话，三岁看大，七岁看老。三岁到七岁是为孩子一生打下根基的好时候，是孩子良好生活习惯养成的关键时期。为了避免“五加二等于零”的现象，家长要好好学习成长自己，给孩子树立一个榜样。想让孩子长大成为什么样的人，家长就先去做什么样的人。幼儿时期正是孩子在心里崇拜爸爸妈妈、模仿爸爸妈妈的时候，所以幼儿家长要和孩子一起成长。幼儿家长不能以自己年轻和工作繁忙等理由错过养育孩子的关键时期，要尽量做到工作家庭两不误。高质量的陪伴才是对孩子最大的爱。

基于这样的理念，范云峰先后在周口市实验幼儿园、市直幼儿园、文昌幼儿园、升圣幼儿园、新纪元幼儿园、明德幼儿园、商水县魏集镇国学启慧幼儿园等幼儿园的家长会上分享了家庭教育讲座。每场家庭教育讲座上，有分享，有讨论，有提问，有答疑。孩子的生活习惯问题，需要家长的智慧做法来解决。幼儿的厌食、偏食问题，家长可以采取少盛饭，吃完多鼓励的做法；可以自制盛饭工具，比如用半个椰子壳来当碗，孩子就会感到好奇，进而达到提高食欲的效果；或者改变饭菜的做法，炒菜变成饺子，馒头变成油饼等。孩子怕生人、不爱说话，家长需要示弱，多给孩子说话机会，不要抢答、替答。孩子爱攻击别人，爱和别的小朋友发生争执怎么办？家长要相信孩子的行为动机没有恶意，或许是模仿电视情节或者游戏画面中的攻击行为，或许是无意中碰到了对方，家长要克制自己的情绪，相信自己的孩子，相信对方的孩子，孩子的问题还得放到孩子群体中去解决，而不是大人干预，甚至替代小孩子处理问题，双方家长更不应该发生争执。同时，家长要改变自己，弘扬时代新风，孝敬好父母，处理好夫妻关系，做到兄弟姐妹之间和睦相处，多为社会大家庭献爱心、做善事；多带孩子到大自然中，增强孩子爱护环境、珍惜生命的意识；多带孩子到红色旅游区、革命纪念馆、爱国主义教育基地，让孩子懂得爱国和感恩。

随着孩子进入小学阶段，他们的学习习惯、道德品质的培养要逐渐提上日程，家长要先明白培养孩子如何做人的重要性。做人方面做到位了，孩子的一生将是正确和幸福的一生；走错了方向，孩子的知识水平再高，本事再大，对社会也很难起到正面的作用，孩子也很难有美好的人生，家庭也很难过得幸福。小学时期是孩子一生成功与否的基础，是为孩子做人定方向、扎根基的关键时期。所以，范云峰和小学阶段的家长朋友们分享家庭教育讲座时，讲得最多的是家长要成长自己并积极关注孩子先成人的问题。范云峰先后在李庄小学、七一路第二小学家长会上分享了“为了孩子，唤醒自己”家庭教育讲座。

父亲对孩子的性别取向和性格的形成至关重要。在女孩眼中，爸爸是她小时候的依靠，是未来嫁人的标准；在男孩眼中，爸爸是他小时候的榜样，是长大后要成为的男人。范云峰特意设计男性家庭教育专场，让更多的男人知道为了家庭幸福、为了养育好儿女，该做一个什么样的新时代好男人！

2019年5月30日，范云峰的“新时代如何做一个好儿子、好丈夫、好父亲”家庭教育专题讲座在周口新纪元幼儿园成功举行，新纪元幼儿园教师家属和宝宝们的爸爸参加了学习分享。在父亲节，范云峰来到西华县七色光蒙特梭利亲幼园和七色光早教中心，开辟了七色光首届爸爸课堂，主讲两场家庭教育父亲节专场讲座。

到扶贫帮扶村、进社区、进企业开展讲座

范云峰经常深入基层党员生活的第一线宣讲党的创新理论、十九大精神、中华优秀传统文化，现场赠予农村党员《弟子规》《孝经》读本。

2018 年 8 月 9 日，范云峰对市教育局扶贫帮扶村全体建档立卡户村民进行面对面的生活学习交流。他与父老乡亲分享：学会换位思考，与村干部共同学习，共同进步；美丽乡村建设人人有责，共同维护八联行政村美好形象；做到扶贫先扶志，自立自强，奔小康路上不落下一个老乡；生活中，从会笑、会孝、会听、会说、会干做起，打造美好幸福的家庭生活，早日实现物质精神双脱贫。

在项城市南顿镇八联小学，范云峰与年轻特岗教师们分享了一场别开生面的讲座——“争做四有好教师，成就幸福人生梦”，帮助青年教师快速成长。大家一起谈成长、话工作、聊生活，从“爱好自己求成长、爱好学生尽职责、爱好家庭献忠心、爱好父母行孝道”四个方面进行了分享。

2018 年秋季开学时，范云峰再赴市教育局扶贫帮扶村，给村小学全体家长开展家庭教育讲座。谈家庭，论家族；谈传统家法家规，谈传统祭祀祠堂；谈孝道，论言传身教；分享人生“空瓶子理论”，论家长这个“原件”的作用；谈家长自修，论家长学习和成长自己，最终带动孩子的健康成长，建设幸福美好的家庭。

范云峰在川汇区小桥街道办事处建中社区举行“党的创新理论万场宣讲进基层”活动报告会暨“学习贯彻十九大，文明单位社区行”活动。以“习主席讲中国故事”引入，讲述了“不忘初心”“为人民服务”的共产党人的使命；从“美丽中国建设”谈十八大以来中国所取得的成就；并现场解读两个一百年目标，“坚定文化自信，传承和弘扬中华优秀传

统文化”“培育自尊自信、理性平和、积极向上的社会心态”“大道之行，天下为公”，家庭美德，家庭教育等八个方面，结合社区居民生活实际，全面、接地气地宣传党的十九大精神，让居民切实体会到十九大报告与我们每个人息息相关。这些宣讲受到社区居民的一致好评。

2018 年 9 月 1 日下午，范云峰在中国人寿财产保险公司周口分公司全市职工职场培训大会上，做了一场以“我们拿什么奉献家庭”为主题的家庭教育讲座，150 多名保险行业职工聆听了讲座。整场讲座，范云峰激情昂扬，听众全神贯注，效果很好。听众们一起谈生活，聊家庭；谈爱国，讲感恩；说孝道，论奉献。这场讲座成功将政治学习、业务学习、家庭生活学习完美结合。

夫妻同学习，家庭更幸福

夫妻同学习，是范云峰的一个学习感悟话题。

幸福的家庭总有幸福的理由。范云峰的学习路上总有妻子的支持和相伴，两人一起参加各种讲座学习活动，像同学一般，一起学习，一起分享，偶尔还会有不同观点的交锋。生活总是这样有趣，同学不一定能成为夫妻，夫妻反而可以成为同学。

近几年，学习在范云峰他们这个家庭成为热点，妻子和他经常一起参加教授引领的读书会，一起参加爱心老师引领的“全人格教育”沙龙活动，一起参加各种家庭教育讲座，一起参加各种小组学习活动。人到中年的夫妻俩竟成了同学。

父母恩情藏心间，幸福路上有源泉

常常把父母的恩情藏在心中，就是人生幸福的法宝。范云峰给自己布置的作业，就是经常写下父母的恩情。

范云峰结婚有了儿子后，他的父亲和母亲一起来到周口给他带孩子，一带就是十几年，幼儿园、小学、初中，直到后来父亲生病。父亲做了肺癌手术之后，一家人共同选择了放弃化疗，选择回到正常的家庭生活中来。从儿子一岁半开始，父母和他们一起去过五十多个城市。父亲手术后，范云峰他们毅然选择放弃住院治疗，选择到全国各地转转玩玩，走到哪里玩到哪里，走到哪里吃到哪里，走到哪里乐到哪里。就这样，他的父亲不全相信医院，而是相信家庭；不全相信医生，而是相信孩子；不全相信专家方案，而是相信亲情陪伴。就这样，父亲生病后，又陪伴了家人将近四年的时间。四年时间里，父亲一共住院二十四天，其余时间全是由儿女亲人陪护。省城医生说父亲创造了奇迹，最大限度地延长了寿命。奇迹的创造，有医生的治疗，有家人的亲情陪伴，更多的是父亲的坚强、乐观，以及对儿女的信任，奇迹是父亲和儿女共同创造的。

范云峰的父母常说手心手背都是肉，都是从娘胎出来的，都一样疼。在父亲病重第一次出现危机的时候，父亲五天五夜没有睡觉，说话含糊，按照父亲的要求，儿女们第一次让父亲穿了寿衣，后来父亲挺过来了，给他们说："那边没收，没搭上帮。"

六个孩子就围着父亲开玩笑地问："这回您又回来了，就有机会问您了，六个孩子谁最好、谁还有点差呢？"

父亲笑着慢慢地说："六个孩子都一样啊，各有各的好处，有时间的陪我多了一些，陪我少的是因为他时间少，或者不自由。钱多的就多拿了一些，钱少的就少拿了一些，拿多拿少孝心一样多，都一样好，都是我的好孩子。"

范云峰的父亲一生勤俭节约，能省就省。范云峰上大学时，父亲去郑州送他，从车站去学校时因为有行李，他们就坐公交车去；父亲自己回去时，则步行去车站搭车。就连父亲病重时，迷迷糊糊中用餐巾纸也是一张一张地用，就是递给他两张，父亲也很自然地分两次用。

范云峰的母亲是一位勤劳、善良、无私奉献的母亲，是一位孝顺老人、疼爱孩子的母亲，是一位团结乡邻、乐于助人的母亲，是一位诚实做人、踏实做事的母亲。

在那个艰苦的时代，范云峰的母亲边参加劳动挣工分，边带大六个孩子。那时孩子们穿的鞋子都是母亲亲手做的，一针一线，一双又一双，春夏秋冬，单鞋棉鞋，都出自母亲的双手。那时家里常有大大小小的用纸剪的鞋样在那儿放着，一个孩子一个鞋码。那时的衣服，都是母亲缝缝补补维持的，新的旧的，一件又一件，没让一个孩子受冷受冻。

母亲常常教导范云峰，将来无论走到哪里，走多远，公家的东西再多，在那儿放着，不要拿一点；别人的东西给是给的，要是要的，借是借的，好借好还，再借不难；记得别人的好，好还别人的情；人生三条路永远走中间正道，小路再近不要走。小时候，兄弟姐妹要是在外和别人家的孩子吵架或打架了，被母亲知道后，挨吵挨打的还是他们自己，母亲从不怨别人家的孩子，总说不能护短。母亲总认为小孩子吵架打架很正常，都是小事，从小教育孩子与人相处要学会忍让，吃亏人常在，吃亏是福。

慢慢地，六个孩子都长大成人、成家，都有了自己的房子、车子。范云峰有了儿子后，母亲和父亲一起来给他带孩子，在儿子幼儿园、小学时期，他们负责接送；儿子上初中了，不用奶奶接送了，但回到家总有奶奶做好的饭菜。今年儿子十六岁了，母亲七十五岁了，儿子上学前、放学后总还会和奶奶玩玩闹闹，这就是母亲带给他们的幸福生活。

不忘初心，砥砺前行；牢记使命，方得始终。服务学校，服务家长，奉献社会，成长自己，践行社会主义核心价值观永远在路上，做一名优秀的共产党员，是范云峰一生的追求。

读书助人远航

——李治中家庭读书故事

李治中是周口师范学院的一名教师，他和孩子关于读书的事儿有很多很多。

李治中对于读书有独到的见解：“书”的本义为书写、记录。“读书”，顾名思义，是阅读别人书写而记载下来的内容。书的内容包罗万象，有人文社会科学、自然科学与艺术等，存世的或现代的图书汗牛充栋、卷帙浩繁，人的生命有限，一辈子读不了那么多书，因此，读书要有选择，其为一；就人文社会科学而言，各色人等著书，有学富五车之人亦有欺世盗名者，有书坏人心智，引人向恶，不读也罢，其为二。读书花费时间，也需要甄别善恶，虽是一件麻烦事儿，但读书是非常有必要的！读书，读专业的书，读好书。这里的专业，是指与你职业相关的，为了把本职工作做好、做精细、有创新，你就需要学习业界其他人的经验，吸取其他人的教训；这里的好书，是指对你的心智成长、职业发展、事业成就有帮助的书，让你形成科学的人生观、世界观与价值观，不被错误的社会思潮以及错误行为所裹挟，从而人格独立，心智健全。简言之，读书的必要性就在于能够学到更多的知识，积累更多的经验；在于促进心智成熟，明辨是非；在于弃恶向善，树立追求美好生活的勇气与信心！

李治中的职业是教师，他喜爱读书，并不只是职业的原因。记得读小学四年级的时候，李治中午间到学校附近一名曾姓同学家里玩，在同学家旮旯的一个箩筐内，翻出了《水浒传》《西游记》《三国演义》，前后书皮都没有了，有的还少了许多页，李治中向同学借阅，每天放在书包里，在上学的路上读。之所以记得，是因为路上曾碰见一位阿姨，她看到李治中读的内容，惊讶地叫了一声。

李治中在县城上中小学时不怎么花钱，支出较大的一项就是买书，现在他书橱里的莱蒙托夫的《当代英雄》、弗洛伊德的《梦的释义》等都是那个时候买的。至今，沙皇治下“多余人”的苦闷，以及从生理层面解释梦境等对李治中都还有一定影响。1982 年，电影《少林寺》上映，他也被兴起的武术热感染了，开始订阅《武林》杂志，并在县城投师学习形意八卦，但套路现在都忘了。法国哲学家帕斯卡说，人是一根会思考的芦苇。李治中觉得少年时代之所以值得记忆，应该是和读到了一些书有关，和一些困惑与思考有关。

李治中认为，书都是人写的，你我他都可以著书，尤其在这个出版业相对发达的时代。著书与讲课不同，讲课很少被录像、被传播，主讲人相对随意，著书则要比较认真了，因为一旦付印，往往被广为传播。因此，了解一个人的思想水准、学术水平，读他的书就可以了！当你博览群书，读懂了，读通了，你的思想水准就会得以提高。

李治中看到过这样一幅图画：三个人看世界，每个人脚下踩着一摞书，但书的高度不同。踩着最低一摞书的人看到的是一幅手绘的阳光明媚的美好世界；次低的那位看到了满是黑暗的一面墙，这也许是生活真实的样子；最高的那位看到了霞光破云而出，象征着生活的美好与希望。一个人的智识需要成长，这三个人代表了成长的三个境界，富有寓意。李治中想，如果这三个人都有著书，还真难判断出哪一个人的书会热卖，或许是那位看到虚假风景而自我陶醉的人，他的书真值得读吗？五柳先生说自己“好读书，不求甚解”，其实是谦辞。他的诗中，儒家经典、历史典故信手拈来，譬喻妥帖，因此他绝不是读书不求甚解的人。之所以这么说，是不甘同流的愤慨之语。书要认真读，和做人一样。有的事情突然不做了，比如陶渊明多次辞去官职，是因为事与愿违，或不甘与恶者同流罢了！

李治中家里的书多是人文社会科学类的，他妻子学的是物理学，因此也有物理学类的书，另外还有女儿买来的读物。其中古典文学、艺术理论、传统文化的书较多一些。女儿闲时爱看李治中的书，也买自己喜欢的书。为了扩大阅读量，女儿读初中的时候，每到周日，便会多抽出些时间去市图书馆。后来，李治中以自己的名义给女儿办了一张市图书馆的借书卡。除此之外，女儿还到蓝天书店去购书、看书，或用李治中在学校的借书卡到学校图书馆看书。大量阅读最直接的影响是会写作文了，女儿写作文好像从来没有怕过，中考语文考了一百一十多分，是那年川汇区中考语文成绩第一名，顺利被郑州外国语中学录取。

女儿考取郑州外国语中学的那年暑假，正赶上李治中去南京大学上研究生的课。有半个月左右的时间女儿在家没事儿，也想到南京去玩，妻子也支持女儿的想法。到南京之后，女儿和李治中一起过上了校园生活，不同的是，上课时间他进教室听课，女儿拿他的学生卡进杜厦图书馆看书，有时也借书带回宿舍看。

杜厦图书馆为江苏省藏书量最大、中国藏书量前三的高校图书馆。李治中有心让女儿多读些书，便告诉她因为时间充裕，可以分门别类地按书架顺序去读。他们父女约好，为节约时间，上课结束，他会在图书馆门口打电话给女儿，女儿从图书馆出来一起去餐厅吃饭。有两次女儿没有接听电话，李治中到图书馆里去找她，她竟躺在书凳上睡着了，手机调成了静音，随意放在身边。去餐厅的路上，女儿给李治中讲在图书馆里的事：南大某校领导带一拨人视察图书馆，她被人问到年龄，显然是别人看她年龄小的原因，还有大概是社会学系同学在图书馆做读书问卷调查问到她云云。后来，李治中在合肥高校工作的同学赵灿对他说，很佩服他女儿，小小年纪能整天待在图书馆里。听同学讲后，李治中心里有些不是滋味，竟觉得自己没有时间带女儿去玩，只能拿图书馆打发她。后来，李治中带女儿去了夫子庙、红山森林动物园以及南京大学鼓楼校区。这些地方女儿小时候去玩过，那时李治中还在南大读书，对女儿来说都是故地重游。

在郑州外国语中学上学的两年多里，女儿经常买书。后来她告诉李治中，单买书就花去近万元，李治中有些惊讶，这笔支出应是女儿从生活费里挤出来的。女儿不仅买来王小波、韩寒、三毛、郑渊洁、张爱玲的书，还买了《百年孤独》《什么是杰作》《不能承受的生命之轻》《我与狗狗的十个约定》《当我们回到上帝怀里》等国外作家的作品。法国作家夏尔·丹齐格著的《什么是杰作》是一本“拒绝平庸的文学阅读指南”，介乎文学批评与热心读者自传式的表白之间，试图识别“杰作”，展开的内容从荷马、海涅、贝克特到托马斯·伯恩哈德，往返于经典与当代作品之间。日本作家泽本嘉光的《我与狗狗的十个约定》写的是人犬之间的爱，声称是写给天下懂爱的人，约定有“为了增进相互理解，请给予我们彼此足够的时间”“即使我上了年纪，也请不要遗弃我”等，看似人犬之间，实际也适用于人际交往。人们也像小狗一样需要温暖，学会温暖待人，人生才会更有意义！美国作家特露迪·哈里斯的《当我们回到上帝怀里》，是她作为临终关怀护士所写的44个生命结束的记录，只有认真思考死亡的时候，人才会更好地活着。因此要好好活下去，更加珍惜善良的自己，更加珍惜温暖的爱人，更加珍惜常常温柔的世界！

有一次李治中陪女儿到市图书馆看书，女儿找来一本心理学应用的书，说从一个人的外貌分析其性格之类的，女儿顺便分析了父亲李治中。她分析得条理清晰，有理有据，俨然一位小专家。后来李治中整理书柜，发现女儿买的中央编译出版社出版的《CIA超常读心术：美国中央情报局特工教你的微妙读心密码》，内容包括锻造强大的心理素质，破解细节背后的心理，外貌读心以及测谎技巧等，实用性非常强。但女儿已有的这方面的知识，显然不是只从一本书上获得的。那时，李治中突然觉得女儿已经长大了，她对生活以及社会的认知已经到了入微的境地，她的思考与想法会有很多，她的知识结构似乎建立起来，甚至到了使李治中惊讶的程度。在郑州外国语中学上学的日子也很快结束了，女儿选择了考取澳洲的大学。女儿独自去澳洲求学，李治中和妻子只把女儿送到新郑机场。李治中心里五味杂陈，女儿离家越来越远，以后的道路恐怕自主性就更强了。

孔子讲“朝闻道，夕死可矣”，读书是闻道的一种途径。读书不仅是为了获取知识，还有解决困惑、健康心理、指导行为的作用。和大多数同学一样，女儿从众选读了计算机专业，虽然李治中和妻子曾极力反对。女孩子读计算机终不如男孩子易被接受，女儿有一门挂科，心里非常难受。李治中想方法引导女儿，找出《列子·天瑞》引鬻熊的一段话：“运转亡已，天地密移，畴觉之哉？故物损于彼者盈于此，成于此者亏于彼。”告诉女儿此消彼长、此长彼消是亘古不变的，这个地方没有做好，在你意想不到的另一个地方会有好的影响，所以面对挫折别气馁。第二天，女儿果然告诉了他一个好消息，并特意提到这句话有道理。

李治中的妻子让女儿注意身体，会以曾国藩为例。曾氏常说“治心以‘广大’二字为药，治身以‘不药’二字为药”，提出“养生六事”，认为“养生以少恼怒为本”，志强而身体不弱，才是家中振兴之象。书里面的这些话，都是前人的总结，读到了、留意了，指导自己的生活实践，从中获益，是一件很快乐的事情。古人知道读书的好，“书中自有黄金屋，书中自有颜如玉”之类，多在富贵财色的范畴。读书的好不止于此，还有体道悟道、修身养性之类，是个体性的体会了。2010 年首播的电视剧新版《红楼梦》，剧组在海选演员时入选的少有认真读完《红楼梦》文本的，有人将新版的不成功归咎于此，大概的确是缺少了一些文化底蕴。

事实上，认真阅读也未必都会读得很深入，虽然一样的版本，但每人的感受不一样，这和每个人的心智水平、人生阅历、知识积累等有关。读书读到会意处，可击节高歌，可废寝忘食，可与古人交朋友，在文艺理论上叫产生共鸣。读书让我们积累了人生经验，我们从书中学得真善美，对假恶丑自然有了识别的智慧。

畅游在无涯的学海

——李庶泉读书求学故事

唐代文学家韩愈曾说:“学海无涯苦作舟。”这里的“苦”是一种读书态度，是一个磨炼意志的过程。然而，现代心理学和教育学研究皆表明，以快乐的心态读书或者在读书过程中体悟到快乐和愉悦，才能更好地畅游在无涯的学海，才能更好地坚持下去，使读书成为生命的一部分。正如孔子所说:知之者不如好之者，好之者不如乐之者。

李庶泉的读书生涯概括起来就一个字——“乐”。读书是他的乐趣，正如追求快乐是人的本性一样，读书是他的追求，读书使他的生命更加丰满而有意义。

李庶泉16岁考上中专，离开文化贫瘠的农村，他异常兴奋，来到山东省知名的师范学校，便一头扎进了书的海洋。一年后他在班里成绩第一，被学校选定提前毕业，到山东省章丘市第一中学教学。从此他开启了学习与工作交替进行、螺旋式发展的生活模式。

李庶泉没有上过高中，但个人发展的强烈愿望和读书带给他的乐趣，促使他除了正常的教学外，还利用琐碎时间自学，到教室里听高中其他学科的课程，往往是这节课当老师，而另一节课就坐到他的学生中一起听其他学科老师的课。就这样，三年后，他与他的学生一起考上了大学。

大学毕业后，李庶泉又回到了原来的高中任教。他的专业是英语，然而他热爱学习、热爱教育，于是他边教学边自学教育学和心理学，两年后顺利考取了全国统招的全日制硕士研究生，专业也转成了教育基本理论。

硕士研究生毕业后，李庶泉被分配到济南大学任教，成为一名大学老师。占领学术前沿和探讨解决教育问题的责任感和使命感，令他产生了到更高学府和向名家大师学习的想法，于是他又考取了西北师范大学的全日制博士研究生。

只身一人带着上小学的女儿，虽然辛苦，但能够聆听导师的教诲，能够与同学交流切磋学术问题，能够沉浸在书的海洋里，真是“辛苦并快乐着”，那是李庶泉人生中最难忘的三年。毕业后，为响应河南省周口市引进博士的号召，他来到了周口，被分配到市教育局担任副局长，从学术研究人员变成了政策制定者和实施者。

新环境、新角色的适应压力并没有阻止李庶泉读书学习、追求学术卓越的步伐。任副局长仅三个月，他考取了西南大学博士后，兼职做研究。每年要在西南大学做两个月的学术研究，每当他离开繁重的行政事务，拉着行李箱走进环境优美的大学校园时，阵阵沁人心脾的书香让他忘记烦恼，忘记疲惫。他像一个饥渴已久的孩子，急切地扑进了母亲的怀抱，大口地吮吸着书中的乳汁。三年后，李庶泉成为西南大学博士后流动站第一个按规定顺利出站人员，早他两年入学的几十名同学当时还没有出站。

近年来，教育部考试遴选访问学者派往国外，李庶泉先后被录取派往英国布莱顿大学、德国德累斯顿工业大学和新加坡南洋理工学院学习深造、交流考察。这让他增长了知识，开阔了眼界。

多年来，李庶泉把读书心得撰写成文字，在全国中文核心期刊上发表文章 30 余篇，主持或参与省部级科研课题 11 项，出版学术专著 10 部。

李庶泉爱书。他常告诉家人，家里什么都可以扔，唯独书不能扔；生活方面都要节省，买书可以大方去买。多年来，他到外地出差的一个固定活动，就是逛当地书店。2006 年，他到新疆喀什出差，到达宾馆已是晚上 10 点，由于时差原因，太阳还没有落山，他打听着到了当地的新华书店，在那里看书、选书，当他选中自己喜欢的一本译著《国将不国》时，正是午夜 12 点。

李庶泉爱读书。行政工作繁杂缠人，但每当他晚上到家，走进书房，白天的一切烦人之事顿时在脑海中消失。当他陶醉于书本中时，常常感到呼吸暂时停止，十几秒后才长长地呼一口气，这种心理和生理的变化，让他感觉非常愉悦。

小学五年级时，有一次他晚上看书到了天亮，母亲醒后问他：“孩子，今天咋起得这么早啊？”

李庶泉说：“还没有睡呢。”

第二天，老师检查作业，只有他一个人全部完成！

回顾过去的读书足迹，是为了更多地发现不足，总结划舟的经验教训，才能更加尽情地在书的海洋里畅游，到达理想彼岸。

书，有灵性，给他快乐；他，有情义，爱书一生！

花生王国的执着与自信

——张新友科研之路

张新友出生在周口市太康县常营镇内岗村。这是一个偏远乡村，距镇政府约 12 里，距县城近 70 里。父亲说张新友小时候就爱读书。20 世纪 70 年代，为了预防地震，家家都挖有防震地窑子。张新友整天在地窑子里看书，地窑子光线差，张新友眼睛高度近视可能就受此影响。

众所周知，河南是小麦生产大省，但很少有人知道，河南也是油料大省。数据显示，2015 年以来河南的花生总产 400 多万吨，占全国总产的 27%。这个成就离不开一个人——河南省农业科学院院长张新友。他创建了花生远缘杂交育种技术体系，解决了野花生和栽培花生“联姻”问题。2015 年 12 月 7 日，中国工程院官方网站发布消息：2015 年中国工程院院士增选工作已经结束，共选举产生了 70 名新院士，张新友名列其中。

初识：阴差阳错，与花生结缘

当野花生和栽培花生“联姻”，会结出怎样的果子？河南省农业科学院院长张新友用 31 年的科研生涯，来寻求这个答案。他也凭借这个答案，获得了中国工程院院士的荣誉。

当初，张新友是怎样与花生结缘的呢？“我是农村来的，对农业有很深的感情。”谈起与花生的缘分，张新友先掏了“家底”。

时光倒转至 1984 年，21 岁的张新友从百泉农业专科学校（河南科技学院前身）毕业了，他和同学们都等待着学校的分配。由于张新友成绩优异，经过学校推荐，他被分配到河南省农业科学院。

“那个年代，我们对科学研究充满了憧憬和激情，对科研工作也充满了理想。”张新友如是说。到省农科院报到后，他被分配到了花生课题组，从事花生育种工作。

张新友回忆，花生当时在河南属于小作物，全省的种植面积在 500 万亩左右，每亩产量约 110 公斤。“主要是花生课题组比较缺人，当时最小的同事也有 40 岁了，其他同事在 60 岁左右。”张新友的命运，从此和花生再也没分开过。

相恋：心无旁骛，钻研花生育种

进入省农科院后，张新友心无旁骛，一头扎进了花生的世界。

1986年，张新友以优异的成绩考取了著名花生育种专家、河南省农业科学院经济作物研究所研究员刘恩生的研究生，攻读作物遗传育种专业硕士学位。

1988年5月，在导师刘恩生的推荐下，张新友前往位于印度的世界著名花生研究中心——国际半干旱热带作物研究所，研究“花生的细胞遗传和野生种质利用”。“花生的细胞遗传和野生种质利用”有点难懂，意思大致是让野花生和栽培品种“联姻”，将野生花生的抗病、耐旱等优良性状，转育到栽培品种中去，以达到改良栽培品种的目的。

听起来简单，但科研的每一步都异常艰辛。研究所里的外国花生专家已经对这个难题研究了多年，依旧没有实质性进展。

张新友告诉记者，当时他把全部的精力都投到实验中去，每一个环节都细心处理，经过一年多的研究和实验，终于成功筛选出了高抗花生叶斑病和锈病的种子。

“其实，其他研究员和我使用的种子和研究方法都一样，但是只有我成功了，这里面也有幸运吧。”张新友谦虚地说。

张新友取得的成果引起外籍导师的注意，导师承诺给他丰厚的待遇，并极力挽留他留在印度攻读博士学位，张新友婉言拒绝了。1989年年底，张新友服从组织安排，学成归国。

结果：培育33个新品种，增加效益110多亿元

“河南现在是国内最大的花生生产省份，近年花生种植面积稳定在

1500万亩左右，占全国种植面积的22%，总产400多万吨，占全国总产的27%。”这些数据，张新友信手拈来。跟30年前相比，全省的种植面积和亩产量都翻了将近3倍。目前，花生已经成为河南的第三大作物。

张新友带领其研究团队先后育成“豫花”“远杂”系列早熟、高产、高油、抗病花生新品种33个，分别通过了河南、安徽、湖北、辽宁、北京等省市的审定，其中14个品种通过了国家审（鉴）定，9个为含油量超过55%的高油品种，育成品种数量之多、质量之高，在全国花生育种团队中名列前茅；针对花生栽培中优异种质缺乏、推广品种遗传基础狭窄的瓶颈问题，张新友带领科研团队创制了一批优异新种质并育成了远杂9102、远杂9307等7个种间杂交花生新品种，推动我国花生远缘杂交育种跻身于世界领先行列……目前，33个花生新品种，已经累计推广种植1.05亿亩，增产230万吨，增加社会经济效益110多亿元。

张新友主持的科研项目先后有12项获得省级以上科技成果奖励，其中国家科技进步二等奖3项，河南省科技进步一等奖2项，二、三等奖7项；获得发明专利5项、植物新品种权6项；先后在国内外刊物或学术会议上发表花生遗传育种方面的学术论文80余篇，出版科技著作9部，为推动我国花生育种技术进步与产业发展做出了突出贡献。

感言：肩上的责任和压力更大了

张新友是省农科院出名的“加班达人”，尽管住在省农科院的家属院，中午饭却都是在单位食堂解决，晚上和周末加班更是稀松平常的事。只要不是开会或者出差，他都会在办公室里查阅资料或到实验田里调查研究。成为中国工程院院士后，张新友坦言，高兴的同时，更多的是感到肩上的责任和压力更大了。

对于下一步的工作，张新友也有了新的规划。

“科学研究是不能丢的，我还要一如既往围绕花生育种和生产上的相关技术问题开展研究。”张新友坚定地说。担任省农科院的院长后，要处理很多行政工作，但他一刻也未放松过科研工作。最近他们团队正在研究高油酸花生育种，“研制成功，可以提升花生油和豆制品的品质。”

“作为学科带头人，我应该为花生育种学科和花生产业的发展多做贡献。”张新友说，他要带好队伍，带好团队，做好表率，培养年轻的科研工作者，让年轻人少走弯路。

在科研“大咖”张新友眼中，科研工作者应具备怎样的素质？

张新友这样寄语年轻的科研工作者：首先，要对科研工作有兴趣。科研工作无止境，有解决不完的问题，因此爱好很重要。其次，要全身心投入到科研工作中，要有坚韧不拔的精神，肯付出辛勤的努力，解决的问题越多，科研的路子就会越走越宽。最后，要有团队协作精神，尤其是从事应用技术研究的科研工作者，个人能力很重要，团队的协作更重要。

张新友先后获得国务院特殊津贴专家、中原学者、全国农业科技先进工作者、十佳全国优秀科技工作者、河南省优秀专家、全国留学回国人员先进个人等荣誉称号，并被授予河南省科学技术杰出贡献奖、中国科协求是杰出青年奖和中国作物学会第四届科学技术成就奖，入选首批“新世纪百千万人才工程”国家级人选和首届河南省杰出专业技术人才。2016 年 6 月 12 日，农业部向社会公示了第五届农业转基因生物安全委员会委员名单，张新友为国家农业转基因生物安全委员会成员。2018 年 11 月，荣获何梁何利基金科学与技术奖。

张新友历任河南省农业科学院副院长、党委委员，兼省科学技术协会副主席（2000 年 7 月任副厅级）。2015 年 9 月任河南省农业科学院院长、党委副书记。中国共产党河南省第十届委员会委员。2016 年 1 月 16 日政协第十一届河南省委员会常务委员会第十四次会议上被增补为河南省委员会委员。2017年6月，当选河南省代表出席党的十九大。2019年4月25日上午，河南省科协第九届委员会举行第一次全体会议，以无记名投票方式，选举河南省科协第九届委员会主席、副主席、常务委员会委员，张新友同志当选河南省科协副主席。

愿望：心系家乡，回报桑梓

2019年8月2日上午，举行了周口市农科院院士工作站揭牌仪式。中国工程院院士、河南省农科院院长张新友，市委书记刘继标共同为新成立的周口市农科院院士工作站揭牌。市委常委、组织部部长岳文华出席揭牌仪式，副市长秦胜军主持仪式。

周口是全省第一产粮大市，省农科院与周口有着良好的合作基础，多年来，院市双方围绕农业科技创新与成果转化开展了多方位、深层次的务实合作。周口市农科院院士工作站的成立，标志着其自身团队乃至省农科院与周口农科院的科技合作又迈上一个新台阶。

今后科研团队将以院士工作站为平台，在以下方面与周口农科院开展深度合作：高油、高油酸、抗病、适应机械化等优异花生种质创制新品种选育重大关键技术问题，科技创新，成果转化，人才培养等。推动更多农业科技在周口“开花结果”。

周口市农科院院士工作站的成立，是周口推进产学研合作取得的重大成果，标志着周口农业科技创新搭建了新平台，必将对周口高质量跨越发展产生积极推动作用。周口市农科院院士工作站的成立，为推进周口市学科建设、人才建设等方面取得更大突破和发展提供了重大机遇，也必将为周口乡村振兴提供智力支持和人才保障，标志着周口实施乡村振兴打造了新引擎。周口市农科院院士工作站的成立更是张新友读书求知回报家乡的初心。

能源王国舞翩跹

——刘中民科研之路

刘中民，1964年9月生，周口市扶沟县人，研究员，中国科学院大连化学物理研究所（以下简称“中科院大连化物所”）所长、甲醇制烯烃国家工程实验室主任、国家能源低碳催化与工程研发中心主任，2015年被评为中国工程院院士。

刘中民长期从事应用催化研究，在应用催化领域，尤其是甲醇制烯烃技术方面取得了杰出成就。20多年来，刘中民先后培养博士研究生36名、硕士研究生4名，发表研究论文262篇，出版学术专著1部，申请国内发明专利234项、国外发明专利109项、PCT（专利合作条约）39份，授权发明专利国内115项、国外34项；获国家技术发明一等奖1项（排名第一），省部级科技特等奖1项、一等奖1项、二等奖及大连市一等奖4项、石化联合会特等奖2项；获何梁何利基金科学与技术奖、中国科学院杰出科技成就奖、中国专利金奖、周光召基金会应用科学奖、首届中国催化青年奖等奖励，被评为CCTV2013年度科技创新人物。

提到烯烃，普通人可能不知道其为何物，但说起矿泉水瓶、汽车轮胎、电线电缆以及其他塑料制品等，人们一定不会陌生。是的，烯烃就是这么广泛地应用于我们的生活中，不可或缺。

传统的烯烃生产技术高度依赖石油资源，而我国石油资源匮乏，煤炭储量相对丰富。中科院大连化物所刘中民团队和他的前辈们经过30多年的努力，终于实现了甲醇制烯烃的技术突破和产业化，使我国烯烃工业从单纯依靠石油为原料的石化工业模式，迈入煤化、石化并举的工业生产模式，为我国实施石油替代战略、走经济可持续发展道路和能源安全做出了突出贡献。

认准的路无论多难都要坚定走下去

2015年1月9日，2014年度国家科学技术奖励大会在北京人民大会堂隆重举行，刘中民走上主席台，代表甲醇制取低碳烯烃技术获奖团队从中共中央总书记习近平手中接过国家技术发明一等奖证书。这是对甲醇制烯烃技术（DMTO）的最高褒奖。

1991 年，正值新一代甲醇制烯烃催化剂项目起步期，面对研发条件差、人力不足、研发资金短缺的重重困难，刚刚博士毕业不久的刘中民勇敢地接下了这个艰巨的任务。1995 年，他与团队完成“合成气经由二甲醚制取烯烃工艺”技术年产 60 吨烯烃的中试。中试完成，刘中民团队即着手准备进行工业性试验。始料未及的是，国际油价此时大幅下跌，煤制烯烃技术没有经济账可算，他们的技术方案甚至成了部分被访企业的“笑话”。没有企业愿意投入，也得不到国家层面的支持，团队遇到了前所未有的困难，刘中民笑谈“当时穷得只剩下精神”。

1998 年，时任中科院院长的路甬祥到大连化物所考察，刘中民瞅准时机，将一份沉甸甸的报告递到院长手中，获得了 100 万元的特批科研经费。靠着这笔“救命钱”，刘中民团队进一步研究了甲醇制烯烃过程的反应机理，并在基础研究成果的指导下不断完善技术工艺条件。

2004 年，国际油价回暖，刘中民团队不断改进的甲醇制取烯烃技术迎来了新的生机。看到甲醇制烯烃的广阔市场前景，陕西省政府专门成立了陕西新兴煤化工科技发展有限公司（现新兴能源科技有限公司），与大连化物所和中石化洛阳工程有限公司合作，三方共同进行世界首次万吨级甲醇制烯烃工业性试验。

2006 年 5 月，世界首次万吨级甲醇制烯烃工业性试验宣告成功！甲醇处理量可达到每天 75 吨，而当时国外类似的装置每天处理量不到 1 吨。中国石油和化学工业联合会组织的专家鉴定认为，该技术“装置规模和技术指标处于世界领先水平”。

2006 年 12 月，神华集团投资的包头煤制烯烃项目获得国家发改委核准，装置规模为每年 180 万吨甲醇生产 60 万吨烯烃。2010 年 8 月 8 日，神华包头 DMTO 工业装置投料试车一次成功，这是世界上首套大型甲醇制烯烃工业装置的成功！标志着我国实现了甲醇制烯烃的核心技术及工业应用零的突破。

一项科技成果实现产业化，就像是一场考验意志和耐力的马拉松。坚持，体现了刘中民对这份事业的执着和自信。

一项技术带来每年500亿元新增产值

应用研究，其关键价值在于实验室的成果向现实生产力的转化。

从2010年神华包头DMTO工业装置投料试车成功至今，DMTO系列技术已经累计实现技术许可20套工业化装置，技术许可合同额近20亿元，对应烯烃产能每年1126万吨，预计拉动投资2500亿元，全部投产后新增产值约1500亿元，实现新增就业约1.7万人。目前，已经投产8套工业装置，烯烃产能合计每年达460万吨，每年新增产值约500亿元。

一项科研成果从实验室走到产业化往往还隔着千山万水，这也是我国科技成果转化率低的根本原因。刘中民团队成功的原因之一就在于，能够站在企业的角度把握科学研究的方向，他们突破的不仅是核心技术，还包括按照行业标准编制工艺包，企业拿到这些成套化的技术就可以直接建生产线。

秉承科研服务产业的理念，刘中民还相继组织开发了其他多项催化新技术，并实现了工业化应用。

他负责开发的液相中压丙烯直接水合制异丙醇技术，丙烯单程转化率比气相法提高10倍以上，应用于山东东营市海科新源化工有限责任公司的年产3万吨装置和浙江新化化工股份有限公司的年产5万吨装置。

丁烯与醋酸制醋酸仲丁酯技术采用专用催化剂和多段进料新工艺，用于南京百润化工有限公司年产5万吨装置，于2011年1月投产。

甲醇制二甲醚技术应用于河北中捷石化集团有限公司年产10万吨

装置及潮州市华新能源有限公司年产 20 万吨装置，分别于 2007 年 5 月和 2013 年 3 月投产。

甲苯甲醇制对二甲苯（PX）联产低碳烯烃技术，鉴定结果为“达到国际领先水平”，目前正用于中海油惠州 PX 扩能改造；二甲醚制乙醇技术正在陕西延长石油有限责任公司建设年产 10 万吨示范装置。

科研报国，不负使命，刘中民团队的科研成果正在大江南北落地生根。

创新续写“煤代油”新的精彩故事

“我们的第一代 DMTO 技术，其烯烃收率是 3 ∶ 1，也就是说 3 吨的甲醇可以生产出 1 吨烯烃，从理论上讲，这个转化的比例完全可以通过科技创新，得到进一步的提高，形成更大的经济效益。”认识到煤制烯烃是具有战略意义的长期项目，在进行 DMTO 技术产业化的同时，刘中民带领团队继续甲醇制烯烃第二代技术（DMTO-Ⅱ）的研发。

2010 年 5 月，刘中民团队与合作企业完成 DMTO-Ⅱ工业性试验，烯烃收率比一代技术提高 10% 以上，热量利用更加合理，大幅度降低了烯烃生产的原料成本，该技术被评为 2010 年中国十大科技进展。2015 年 2 月，蒲城清洁能源化工有限责任公司采用 DMTO-Ⅱ技术建设成的年产 67 万吨煤制烯烃项目全流程打通。

连续告捷，刘中民团队并没有止步。如今他们正积极研究 DMTO 第三代技术，拟使 DMTO 单套装置处理能力从现有的每年 180 万吨的水平提高到每年 300 万吨以上，并且单程甲醇转化率和烯烃选择性不低于第二代技术。目前催化剂研制工作、反应工艺的实验室中试放大工作已基本完成。

近年来，中科院组织各研究所分别制定了“一三五规划”，即“一个定位，三个重大突破，五个重点培育方向”。大连化物所将一个定位确立为：以能源研究为主导。在三个重大突破中，DMTO 等煤代油新技术被列为第一个突破。目标是：以 DMTO 技术为龙头，转化一代，开发一代，前瞻一代；突破一批煤代油关键新技术，完成煤制丙烯、乙醇、高碳醇以及天然气等一批工业性试验，推进产业化；初步形成以甲醇制烯烃为龙头的煤代油新兴战略产业。

围绕新的目标，刘中民团队正在续写“煤代油”新的精彩故事。

破解难题

『医术』高超

——王复明科研之路

王复明，1957 年 3 月出生，周口市沈丘县人。1987 年博士毕业于大连工学院（现大连理工大学）。1996 年获国家杰出青年科学基金支持。现为郑州大学教授、任重大基础设施检测修复技术国家地方联合工程实验室主任、水利与交通基础设施安全防护河南省协同创新中心主任。他长期从事基础工程设施安全维护理论与技术研究工作，在渗漏涌水防治和隐蔽病害诊治方面取得系统创新成果，解决多项重大工程技术难题。作为第一完成人获国家技术发明二等奖 1 项，国家科技进步二等奖、三等奖各 1 项，并获国际非开挖学术研究奖和河南省科学技术杰出贡献奖等荣誉。

2015 年 12 月 7 日，中国工程院公布了 2015 年院士增选结果。来自郑州大学的王复明教授当选中国工程院土木、水利与建筑工程学部院士。

近 30 年，王复明针对国家基础工程设施安全保障重大需求，在十分艰苦的条件下，克服了常人难以想象的困难，潜心研究基础工程渗漏涌水防治和隐蔽病害诊治技术及装备，取得了原创性和系统性的成果，将其应用于南水北调中线、上海苏州河堤防、宜万铁路野三关隧道、京港澳高速公路、广州地下管道等重大工程，解决了渗漏防治、修复加固和应急抢险一系列技术难题，成了基础工程“微创”修复知名专家。

矢志不渝，十年一剑

1991 年，王复明应邀参加美国战略性公路研究计划 SHRP-A005 项目。他提出了基于系统识别原理的层状结构反演方法，取得了反演理论突破性进展，对公路无损检测技术的发展具有重大价值。美方希望他长期留下，但王复明却没有丝毫犹豫，因为他一直期盼着早日回国投身于高速公路建设大潮中。1993 年 4 月，项目一完成，他就立即带全家回国了。

回到母校郑州工业大学，其科研条件可谓“一穷二白”。王复明要继续从事反演理论与公路无损检测技术研究，摆在他面前的首要难题，就是缺少无损检测试验设备。没有设备只能“纸上谈兵”，而购置一套无损检测系统需要 16 万美元。他向有关部门和企业写了一份又一份科研项目建议书，不厌其烦地向人们介绍无损检测技术的应用价值。然而，在当时的情况下，无论哪个部门和单位，要一下子给他这个刚从美国归来的年轻人解决 16 万美元的试验设备用于冷门课题的研究，谈何容易？

王复明清醒地认识到，随着我国高速公路建设迅速发展，养护维修必将面临严峻挑战，开发推广无损检测病害诊断技术势在必行。为了早日走出没有试验设备的困境，王复明做出了一个大胆的决定：自己筹钱解决试验设备问题！他说服家人拿出了全家所有积蓄，并以 18% 的年息申请了 60 万元银行投资贷款，终于凑齐了设备款。试验设备一到，他浑身有使不完的劲，争分夺秒地在高速公路上做现场试验。从 1994 年到 2004 年，他和团队拉着检测车从省内到省外，冒着严寒酷暑，遭遇多次险情，无偿检测公路 1.6 万公里，获得了数以百万计的试验数据。在此基础上，他创建了层状结构电磁波和动力波反演理论，开发了路基路面分层检测评价与隐蔽病害诊断技术，该成果逐步在全国推广。他不仅成为河南省第一位国家杰出青年科学基金获得者，而且成了国内公路无损检测技术领域的知名专家。

病险工程，“医术”高超

长期积累的大量试验数据使王复明对我国高速公路的各类病害了然于心。由于这些病害具有隐蔽性、多变性，长期依赖“开膛破肚”式的维修方法，不仅周期长、成本高，而且影响交通、污染环境。他针对我国高速公路结构及病害特点，提出了无损检测与高聚物注浆相结合的非开挖维修新理念，开发了高速公路隐蔽病害诊治系统技术，为处治基层脱空、唧泥翻浆等“顽疾”开创了新途径。

这项技术首先对公路进行无损检测和隐蔽病害诊断，然后利用高聚物精细注浆技术进行针对性修复，在填充脱空的同时排除积泥积水，一处病害只需半个小时就可恢复通行，避免了开挖维修造成的资源浪费和环境污染。2007 年，河南省交通厅结合京港澳高速公路安阳至新乡段专项维修实施该项技术示范工程。该路段车流量大，重载车多，病害严重。采用该项技术，80 天内处治病害 2.4 万处，一次性处治完好率达 95%，比传统开挖式维修方法节省工期 75%、节省经费 53%，被验收专家认定为“我国高速公路养护维修典型范例”。此后，该成果在河南、湖北、安徽、河北、山西、云南等省高速公路维修工程中得到推广，产生了重大经济社会效益。

高速公路病害诊治技术的突破并没有让王复明止步，他的下一个目标是要攻克堤防、土坝及地下工程渗漏防治技术难题。

针对我国病险堤坝防渗除险的迫切需求和传统技术存在的不足，王复明在国内外首次提出基于非水反应高聚物的土质堤坝柔性防渗理念，揭示了高聚物材料在土体及水体中的扩散机理，发明了土质堤坝柔性防渗薄墙和地下工程涌水封堵高聚物注浆成套技术，形成了具有多项核心发明专利的技术体系。成果应用于南水北调中线、上海苏州河堤防、宜万铁路野三关隧道等重大工程及病险水库防渗除险。2014 年，该成果获国家技术发明二等奖。

地下管道灾变防控与非开挖修复是王复明近年来取得的另一项突破性成果。

我国大量地下管道年久失修，渗漏问题突出，不仅造成水资源浪费、环境污染，而且导致城市道路坍塌事件多发。王复明提出了基于高聚物注浆的地下管道非开挖修复新方法，开发了高聚物水下复合注浆技术，解决了地下管道渗漏脱空修复、涌水涌沙封堵、沉降管道顶升等技术难题。广州市某排水管道出现严重渗漏、开裂和沉降，造成多处路面坍塌。管道紧邻居民楼和通信电缆，传统修复技术难以实施。采用该成果不仅解决了地下管道涌水涌沙封堵难题，而且成功提升沉降管道 28cm，使停止运行 16 个月的管道恢复通水。鉴于王复明在地下管道非开挖修复领域取得的突出成就，他荣获 2014 年度国际非开挖学术研究奖。

从高速公路到堤防大坝，从隧道到地下管道，从反演理论、无损检测、高聚物注浆到渗漏防治、非开挖修复和应急抢险，王复明围绕水引发的工程灾变防治关键科学技术问题展开了近 30 年的持续研究。不仅开创了交通、水利及土木工程与新材料、新技术交叉融合的学术方向，而且实实在在地破解了我国基础设施安全维护面临的多项工程技术难题。

心系民生，乐于奉献

“国家需求”是王复明不断创新的原动力，将成果应用于实践、服务于社会是他不懈的追求。他常说：“要把心放在安全上，把论文写在工程上。”

王复明从事的基础工程设施检测修复技术研究工作，不但条件艰苦，而且经常面对险情，但他不辞劳苦，不畏艰险，长期坚持投身于工程现场第一线。也许是对高中刚毕业就参加了“75 · 8”抗洪抢险的记忆太深刻，每年到了汛期，他就食不知味，夜不能寐，时刻关注水情，多次志愿带领团队参加救灾。2010 年 8 月，河南省白河流域出现特大洪水，他连夜赶到了最危险的唐河段，带领团队 4 天 4 夜抢修渗漏和管涌 80 余处，保障了高险堤防安全度汛。

随着高速公路、高速铁路及机场道面隐蔽病害诊治、堤坝及隧道等地下工程渗漏涌水防治、地下管道非开挖修复等技术难题逐一被攻克，他成了名副其实的“工程医生”。每当接到工程抢险抢修电话时，他总是力争第一时间到达抢险现场，体现了一名科技工作者的社会责任感和奉献精神。

20 多年来，王复明想国家之所想，急国家之所急，凭着求真务实、敢为人先、艰苦拼搏和乐于奉献的精神，在科学研究、成果转化和服务社会等方面取得了突出成就，多次受到国家和省级有关部门的表彰，先后获河南省科技功臣、中原学者、全国优秀科技工作者、全国优秀留学回国人员、河南省和全国先进工作者等荣誉。

奋斗改变命运 富裕守望来时路

——许家印创业之路

许家印，男，1958 年 10 月出生于周口市太康县，系恒大地产集团董事局主席、党委书记兼统战部部长，武汉科技大学管理学教授、博士生导师，中国十大慈善家之一，第十一届全国政协委员、第十二届全国政协常委、全国劳动模范，兼任中国企业联合会副会长、中国房地产业协会副会长、广东省慈善总会名誉会长、广东省河南商会会长、广东省光彩事业促进会副会长等职务。

许家印连续三年位居福布斯中国慈善榜榜首，成为中国首善。在体育公益事业方面，许家印投入 20 亿元创建广州恒大足球俱乐部、排球俱乐部，投入 11 亿元创建全球规模最大的足球学校；在文化公益事业方面，许家印投入 10 亿元成立文化产业集团。

许家印，一个靠积累迅速成长的民营企业家，成为第一个登上中国内地首富宝座的河南人。

许家印率领的恒大集团成为中国房地产企业十强之一，在广州开发了金碧花园、金碧华府、金碧御水山庄等近 20 个楼盘。他是怎样掘到他的第一桶金的呢？

许家印出生时的太康县是全国有名的贫困县，十年中有九年涝，当地人常常以外出讨饭为生。幼年的许家印，母亲早逝，家境十分贫寒，父亲节衣缩食供他念书，他常常面临辍学的窘境。令许家印最刻骨铭心的是长了毛的馒头因舍不得扔洗洗继续吃。

生活的艰辛没有使许家印放弃求学的信念，反而坚定了他用知识改变命运的决心。在亲友的扶助下，许家印发愤读书，恢复高考后的第二年，就以优异的成绩考上了武汉钢铁学院（现武汉科技大学），终于学有所成。

1982 年许家印大学毕业被分配到河南舞阳钢铁厂工作。在工厂的 10 年，他从小技术员做起，历任车间主任、厂长等职，并获得冶金部颁发的高级经济师职称。

偷师学艺 14 年

1992 年，邓小平南方谈话让许家印察觉到新的机遇，他毅然放弃了铁饭碗，要到改革开放的前沿——深圳去创业。

已经做到厂长的职位，对于想创业的许家印来说似乎资历是够了。但他还是决定先给人打工，再寻求机会。1992 年，他到了人生地不熟的深圳，自己做了将近 20 份简历，每份简历有 30 多页，东奔西跑 3 个月，投出后却石沉大海。后来许家印重新做了 10 余份只有两页的简历，这招果然奏效，很快就有好几家公司的老总约他面试。

许家印在几家大公司的盛情邀请下，最终和一家连锁商店的老总签了约。"看中了它的发展前景和可锻炼自己的舞台以及老板的才智和胆略"，当谈到此时，许家印对这位老板的感激之情难以言表。许家印又一次展示出他的决断能力和高瞻远瞩的眼光。就这样，他从一家商店的业务员做起，靠着踏实、肯学又勇于开拓创新和坚忍不拔的精神，很快成为这家公司的办公室主任。其果断、大气的作风也为老板所赏识，并和老板成了要好的朋友。

到了 1995 年年底，已是这家公司总经理的许家印，面临人生最大的一次机遇——老板派他进军广东的房地产行业。洞察力极强的他意识到广东经济的快速发展一定会带动当地房地产行业的红火，胸怀大志的他决意在地产界打拼一番。许家印立即收拾好行李，带着公司的委托和老板的信任去了广州。

许家印开始了他为老板的第二次创业。创业的艰辛难以想象，一个司机，一个出纳，一个业务员，就这样，一个只有 3 个员工的公司成立了。没有办公费用，他就找朋友借了 10 万元。为了节省开支，他们就在郊区租了一间民房办公。公司没有资金、项目，他们就四处打广告，找客户。经过将近 3 个月的努力，他们终于找银行贷到了 2000 万元的启动资金。经过不到一年半的努力，这家房地产公司已成为广州地产界小有名气、初具规模的地产公司。他个人也为公司创造了巨大的经济效益。

许家印开始真正属于自己的创业是在1996年，当时已经是贸易公司总经理的许家印白手起家，带着原来公司的七八个人创立了恒大实业集团。资金不多，但许家印却凭着十多年间所积累的丰富经验，打造了誉称“中国第一楼盘”的广州金碧花园。1998年，许家印在创建恒大实业一年多后首开广州金碧花园项目，市场欢迎度极高，“第一桶金”由此积累完成。

十年创出中国房地产百强

1998年6月，广州市政府举行中心城区的首次土地拍卖会。当时，名不见经传的恒大集团以1.34亿元的价格拿到了海珠区南洲路的农药厂地块，楼面地价仅686元/平方米，土地出让金可在1年内分期缴付。正是这块当时无人问津的农药厂地块成就了许家印的今天。

许家印在这块地上开发的金碧花园以2500元/平方米的价格开卖。由于价格低，金碧花园成为当年海珠区销售最好的楼盘之一。有业界人士保守估计，一个金碧花园让许家印有了五六亿元的进账。这也是他的第一桶金。他还创下了包括金碧花园、金碧华府、金碧御水山庄、金碧湾等13个楼盘同期开发的惊人纪录，创下了房地产开发的奇迹。1999年，许家印的恒大集团位居广州房地产企业综合实力30强的第七名，而完成这一切，许家印只用了一年半的时间。

许家印的创业经历让人瞠目，仅仅10年时间将一家名不见经传的企业发展成为拥有包括上市公司恒大地产在内的十多家下属企业的集团公司，并一举成为广州市十大投资集团前茅企业、中国房地产百强企业，并荣登中国企业500强的金榜。

乐善好施

在中国企业界，荣获“中华慈善奖最具爱心慈善捐赠个人”的许家印乐善好施的性格广为人知。到1998年，事业有了起色的许家印迫不及待地回到老家，用100万元捐建了希望小学——家印小学。

2008年年初，南方雪灾突如其来，尽管公司不是施工方，许家印仍一马当先，毅然拿出近千万元现金和实物，为滞留在南方各地的农民工派发春节红包、分发御寒大衣、组织年夜饭和游览活动。

“5 · 12”汶川地震后，许家印克服当时企业自身发展遭遇的困难，成为南方第一个捐赠逾千万元并向全社会发出倡议的企业家，引发了其他企业家的捐赠潮。

在公司经营上，许家印第一个响应政府号召，擎起“安居”大旗，坚持大规模、十数亿元的让利，以公益性微利销售商品房，让无数工薪家庭得以置业安家，为楼市稳定做出了巨大贡献。许家印表示，他是黄土地的儿子，他的梦想就是希望给更多的人一个“家”。

亲情和爱情

在许家印8个月大的时候，母亲得了败血病，因家贫无钱就医，匆匆而去，从此许家印就成了半个孤儿。

许家印从小跟着奶奶长大。对于他来说，奶奶就如同一位老母亲。以前家门口有块石头，他的奶奶就坐在石头上等他放学回家。许家印记得上小学的第一天，他把刚学会的那句“我爱北京天安门”念给奶奶听时，年迈的奶奶兴奋得像个孩子。初中的时候许家印给奶奶画了一幅素描画，一直挂在正房北面的墙壁上。

许家印出生于“敢叫日月换新天”的革命热情高涨的1958年，随之而来的是大萧条的恐慌。那时候家里很穷，奶奶会做酸醋，空闲时就拿到集市上卖，贴补一些家用，而许家印的父亲在地里种了很多柳树，柳树长大了，父亲就砍下来拿到集市上卖，一根卖几毛钱，一车能卖几块钱。

小时候许家印喜欢画画，还喜欢摆弄电器。从性格上来说，小时候的许家印属于调皮型的，没事就带着比自己小的小孩去站队，练习立正稍息，并以此为乐。

高中刚毕业的许家印和堂兄一起尝试做生意赚钱。那时，贩卖是农村比较通行的方式，比如把石灰、煤炭、大米、稻草等物资从一个地方运到另一个地方，赚取其中的差价。

1977 年，中断多年的高考恢复了。许家印听到消息，第一时间报上了名。不过因为时间仓促，没考上。第二年，许家印花了 5 个月的时间准备，回到高中的学校复习补课。住的是破房子，盖的是一床满是补丁的被子。他记忆里最深刻的一个场景是：自己带到学校的馒头和地瓜饼，过了三天就长毛。但是还是舍不得扔掉，洗掉霉点以后继续吃。

1978 年，许家印终于如愿考入武汉钢铁学院，成绩位列周口市前三。接到录取通知书的那天，许家印收到了父亲的礼物——一块梅花表。读小学的时候，有天晚上，许家印问父亲，如果考上了大学，能不能送他一块梅花表，没想到父亲竟然答应了。10 年后，许家印的父亲践行了他当时的诺言。

许家印跟他妻子是在舞阳钢铁厂工作期间认识的。员工都以许家印为楷模，因为他对妻子好。许家印工作的确太忙，最对不起的人，让他一想起眼眶就会红的人，就是他妻子。妻子对他非常放心，给他的自由度很大，从来不问他干什么去了，因为她太了解许家印了。

凌晨三四点钟回家睡觉，睡一会儿就起床去公司，这是许家印长年累月养成的习惯。有时候开会或者应酬，回家晚了怕吵醒妻子，他就躺在沙发上将就一夜。而许家印的妻子也一样，夜里有时候睡不着，担心自己翻身会吵醒他，就跑到沙发上睡。

许家印妻子有学历，有自己的事业，但是为了照顾许家印，她都放弃了。许家印一直记得 1995 年，妻子因为宫外孕被送进了急救室，有生命危险，为了不打扰他工作，硬是没让医生给他打电话。许家印是第二天才从朋友口中得知的，开了一个多小时的车去看她，当时心里异常忐忑。

对待金钱

许家印没有乱花钱的习惯，经常在办公室吃盒饭。有时深更半夜开会，一开就是一个通宵，如果真饿了，就让家里给他送个馒头，或者捎个汤面过来。

许家印最爱的夜宵是热干面。在武汉上大学时，唯一奢侈的消费，就是吃学校旁边一毛钱一碗的热干面。为了这一毛钱，许家印还挨过老师的批评："你是领助学金的人，还吃一毛钱这么贵的东西！"

2009 年，恒大上市当天，市值达到了 610 多亿元，许家印才知道自己当时成了内地新首富。但是许家印并没有感到很开心，反而觉得无奈。做了首富有啥好处？别人心里不平衡来盯着你，甚至有不明真相的人来骂你，其实真的没啥好处。但是他的企业上市了，这是一个公开的秘密，藏不住。

回乡考察

拳拳赤子心，深深桑梓情！2018 年 12 月 15 日，许家印回到哺育自己多年的老家周口市进行考察。许家印表示，将充分利用恒大资本优势、资源优势，聘请国际一流设计大师，规划建设周口中央商务区，并邀请国内国际知名企业家及知名企业，每家认领建设一幢标志性建筑，把周口的CBD（中央商务区）建设成具有世界顶级水平的独一无二的现代化城区，同时加快周口职业技术学院专升本、淮阳古城开发、周口农高区等项目对接，鼎力支持家乡建设，为周口跨越发展贡献恒大力量。

许家印回到家乡，肯定要在周口四处走走看看，他都去了哪里？

水是故乡甜，月是故乡明。在市领导的陪同下，许家印一行先后深入周口市第三高级中学、周口中心港、引黄调蓄工程施工地等进行实地考察。

一路走、一路看、一路交流，许家印对周口翻天覆地的变化备感振奋和鼓舞，并为家乡未来发展定位科学、经济转型突破口选择准确、发展后劲充足感到由衷的高兴，同时也被周口广大干部群众焕发的“敢叫日月换新天”的豪迈，“天翻地覆慨而慷”的豪情，“唤起工农千百万，同心干”的激情深深感染。

在随后召开的欢迎座谈会上，市领导以特别的致辞方式，采用播放PPT的形式，从“成长记忆、不忘初心、心系家乡、携手共进、再创辉煌”五个方面，与大家一同深情回顾和再现了童年、少年、青年时代的许家印，成名后不忘乡亲、心系家乡的许家印，勇担重责、敢于担当、奉献社会、鼎力支持家乡建设的许家印。一幅幅生动的画面，一句句饱含真情的话语，让会场变得无比温馨，也令许家印十分感动。

在周口发展关键时期，作为家乡人，许家印带领恒大集团精英团队回到周口，支持家乡建设。相信家乡周口，会因许家印和恒大集团的鼎力支持而更加出彩。

许家印此次返乡，内心充满了感动和激动，乡音乡情给他的温暖感觉，和到全世界任何一个城市、任何一个地方都不一样。

许家印回顾说，2018年9月19日，周口市四大班子领导到深圳参观恒大集团总部，大家一起座谈，耳闻家乡近两年变化巨大。此次回来，真乃百闻不如一见，家乡日新月异、翻天覆地的变化，令他十分自豪和骄傲。家乡未来的发展规划，更让人充满期盼和憧憬。特别是以引黄调蓄工程为核心的中央商务区规划，充分体现了周口的大战略、大格局。看到家乡战略性的规划和目标，他充满激情。恒大集团在支持周口中央商务区建设中不遗余力，出资聘请国际顶级大师，帮助家乡做优整个新区的规划设计。中央商务区的每栋建筑都将请世界顶级大师做单体方案，再形成由众多单体建筑组成的中央商务区建筑群，从而把周口中央商务区真正建设成为世界顶级的、独一无二的、现代化的、生态的、环保的、绿色的、智慧的新型海绵城区。

许家印表示，恒大集团还要加快周口职业技术学院专升本、淮阳古城建设、周口农高区项目的深度沟通和对接，尽快达成合作意向。只要周口有需要，恒大就会给予最大的帮助和支持。一句话，恒大会持续对周口加大投资力度，鼎力支持家乡跨越式发展，与市委、市政府和全市人民一道，共同建设周口更加美好的明天。这不仅体现了许家印先生对周口发展的高度重视和深切关心，也充分体现了许家印先生心系家乡、回报桑梓的赤子情怀。

再为家乡捐赠 6.5 亿元

2018 年 12 月，许家印陪 96 岁的老父亲回到河南周口老家，看望父老乡亲。许家印沿路考察了捐赠 10 多亿元为家乡建设的 4 所学校、1 所医院及 1 个农业基地后，决定再捐赠 6.5 亿元，进一步支持家乡发展。

2018 年 12 月 16 日，在周口市太康县高贤乡聚台岗村许家印老家的小院里，许家印和妻子丁玉梅跟长辈、儿时同伴合影留念。看着堂屋里的老物件，许家印向妻子丁玉梅回忆道：“小时候条件很苦，每天晚上都是点着煤油灯，趴在这个小方桌上写作业。”

午饭时分，一顿热腾腾的农家饭端上了桌，有地瓜、黑窝头、煮白菜萝卜、地瓜汤等，许家印夫妇在堂屋和父老乡亲一起吃“忆苦思甜饭”。普通工人家庭出身的丁玉梅感慨：“35 年前和许家印回家结婚时，村里那个穷啊，现在变化真大。”

20 年来，在老家周口，许家印饮水思源、回报桑梓的步伐从未间断过。

1998 年许家印刚创业不久，就在老家捐赠了 100 万元创办小学，并捐赠 580 万元为村里修路，安装自来水和排水系统。2016 年开始，许家印又捐款 10 多亿元，建成家印中学、家印高中、高贤医院和现代生态循环农业基地等，还设立了 1 亿元的教育扶贫基金。

尊师的小巷

回乡的最后一站，许家印走进了一个神秘的小巷。小巷里有一条干净的水泥路，向前走 500 多米，许家印来到太康县县城幸福小区的 1 号房屋。

“没有老师们的悉心教导，我就考不上大学，更不会有我的今天！”在幸福小区的 1 号房屋里，许家印紧紧握着程守德、周渊两位老师的手，连声感谢老师当年孜孜不倦的教育恩情。原来，在返程前的最后一站，许家印专程赶到恩师家中，感谢恩师当年的谆谆教导。

程守德、周渊两位老人是许家印的高中老师。程守德今年 80 岁，是许家印读高中时的物理老师；程老的妻子周渊，今年 75 岁，是许家印的高中数学老师。据程老回忆，许家印家境贫寒，日子过得艰苦，每周都会从家里背一筐地瓜和地瓜做的黑窝头到学校，当一周的饭菜，但许家印勤奋刻苦，学习劲头最大。

许家印在老师购房和置办家具方面给予了资金支持，以表达其对老师的一片感恩之情。吃水不忘挖井人，成材不忘老师情，这就是许家印的情怀所在。

据许家印老家的村支书介绍，许家印尊敬老师、回报乡里、懂得感恩，当年村里的小学是漏风漏雨的旧房子，条件很简陋。1998 年，许家印回家乡给村里捐款 100 万元盖了一所崭新的小学，让孩子们在宽敞明亮的学校里上学。

如今在太康，背着窝头在破草房读书的时代早已远去，取而代之的，是孩子们在标准化校园中一张张灿烂的笑脸。

特殊的“家宴”

2018 年 12 月 16 日上午，恒大集团董事局主席许家印及夫人丁玉梅，回到了聚台岗村的老宅。他们要在弥足珍贵的时间里，请乡亲们在老家吃顿午饭。

许家印的“家宴”会是什么样的呢?

专门赶来和许家印见面的老同学，比如小名“窝”的赵邹康，外号“泥鳅”的张怀亮，幼名“铁箍”的张乐营等，都充满了期待!

与现在邻居家的小楼相比，许家印家的老宅已经很简陋了。但东西间的三斗桌、织布机、纺花车、用绳盘结的木床、已经破损的水瓢等物件，充满浓浓的怀旧味道，仿佛一下子把人带回几十年前的光景!

一张破旧的四方矮木桌，应门摆在老宅堂屋，周围是四条长凳。午饭端上来了：两小筐蒸红薯，两盘黑窝头，10 碗红薯茶，中间放着一盆水煮白菜粉条咸汤——这是唯一的一道“大菜”!

许家印招呼大家：“能坐下的都坐下，大家聚在一起不容易，咱们一块儿吃顿家乡饭!”

陪同许家印夫妇吃这顿饭的，有村里的长者，还有上小学时总“欺负”他的发小高正福，以及同学张兴才等 10 多个人。

看到一桌子熟悉而又陌生的饭菜，乡亲们有点意外，许家印却眼圈红了。他脱口而出：“记忆中的味道来了!”

他拿起一块蒸红薯给妻子："趁热吃！小时候天天吃红薯、红薯汤、红薯馍，离开红薯不能活。那时候，老是吐酸水，作心，胃里难受。现在却咋也忘不掉！"

在20多年未见面的同学乡亲面前，许家印夫妇吃得津津有味。

老同学拿起一个加了玉米面的窝头说："这窝头跟小时候的差不多！"

许家印说："没小时候的窝头黑，那时的窝头是纯红薯面蒸的，硬得像石头，可我就喜欢吃那种纯红薯面窝窝头！"

大家笑起来了，笑声中蕴藏着对过去艰苦时光的回忆！

"你忘了？高中毕业后我们上山拉煤、拉石灰，外出挖河，不都是带着蒸红薯和红薯馍吗？就这，有时也吃不上，忍饥挨饿，不知道咋熬过了！"

"家印，你对咱村没少照顾，咱村都是托你的福！要不是你捐款修路、通自来水、搞绿化、建学校，咱4000多人的村子，给孩子说媒都是个大难题！"

许家印笑笑："要不是恢复高考，要不是改革开放，我也没有今天。不过，现在大家不都小康了嘛！"

"不论走到哪儿，不要忘了老家，聚台岗的乡亲都盼着你！"

"有机会，我还会回来。"许家印深情地说。

心蕴画笔走世界

——王颖生创作之路

王颖生，从周口走出的我国当代著名画家，1963 年出生于河南沈丘，1983 年毕业于河南大学美术系，后任教于该系。1995 年考取中央美术学院国画系研究生，1997 年毕业获硕士学位。2003—2004 年被国家基金委选派至俄罗斯圣彼得堡列宾美术学院梅里尼可夫工作室访问学习。现为中国美术家协会会员，中国美术家协会壁画艺委会委员，中国美术学院壁画系副主任、教授、博士和硕士研究生导师。

其代表作品有《潮》《苦咖啡》《静静的时光》《事业》《踱步》等，《苦咖啡》曾在第八届全国美展优秀作品展获奖。2005 年王颖生被北京市委宣传部评为“北京中青年文艺工作者德艺双馨奖”获奖者。作品被中国美术馆、中央美院美术馆、中国奥委会、深圳美术馆等多家机构收藏。

著名美术评论家范迪安这样评价他的画：兼有具体与抽象、写实与写意两方面的特点，努力把握工笔绘画精雕细刻的造型手法和写意绘画水墨渲染的表现手段，将它们融合作为自己致力的目标，由此，他的画有了与众不同的综合面貌。他的画造型是第一位的，他以自己经过学院训练的造型能力严谨地刻画形象的具体状貌，用精微的高古线条塑造人物和景致，线条成为物象生成的基础，也构成作品结构的骨架。与此同时，他注重发挥工笔敷色的效果，同样精细地用色彩塑造物象的体感和质地，使工细的语言成为画面确立的主导语言。

幼小学画，父亲是启蒙老师

王颖生绘画师从父亲，父亲是他的启蒙老师。王颖生说，父亲是一位优秀的美术老师。一次偶然的机会，他的绘画天赋被父亲发现。王颖生 7 岁那年的一天，父亲闲来无事把正在玩耍的他叫过来，突发奇想地让王颖生画画。很少摸画笔的王颖生，虽有一点不情愿，但还是听从父亲的安排，稚嫩的小手拿起画笔略微停顿后，很快完成了一幅水墨画。

父亲看后连声说好。随后父亲思忖良久，做出一个决定——让王颖生学绘画。

受父母的影响，王颖生也对绘画艺术产生了浓厚的兴趣，从此便开始了他的绘画生涯。“当初父亲让我学画画，是为了让我有一技之长，将来好在社会上立足。”王颖生说。不承想，一支小画笔改变了他的人生轨迹。从此，王颖生带着父母的希望、带着自己的梦想，畅游在艺术的王国里。

学习绘画是一件苦差事。画物体，形体准不准是衡量一个画者基本功扎实与否的最重要的标准。扎实的基本功来自勤学苦练。王颖生从基础的静物素描开始练习，一幅画下来，一坐就是几个小时。之后是人物头像素描练习，后来就是外出写生，这期间还要学习色彩。冬去春来，经过几年的刻苦学习，1979 年，王颖生以优异的成绩考入河南大学美术系。

刻苦深造，甘做艺术苦行僧

四年的系统学习，王颖生的绘画专业理论和技巧都有了较大的提升。1983 年，王颖生大学毕业回到周口师专任教。王颖生说：“周口文化底蕴深厚，作为周口人我觉得特别自豪。在这个文化气息很浓的环境里得到过锻炼，当时又回到周口工作更觉幸福。”

参加工作后，王颖生没有放松自己对艺术的追求。上完课，他时常带学生一起或单独外出写生。“当时觉得自己专业还不够好，没有达到自己的理想水平，所以要求自己一定要努力。”王颖生说。为练就扎实的基本功，他常常带着学生去火车站画速写，因为那里有滞留的乘客，王颖生就以他们为模特画人物头像。每天从下午一直画到晚上 9 点多，一天下来要画几张甚至十几张人物头像或人物速写，就这样坚持了 3 年。他扎实的基本功，就是在那几年密集训练中打下的。

天道酬勤。1984 年，第一次参加全国美展的王颖生获得大奖，创造了全票通过的纪录。在美术界崭露头角的王颖生，在周口师专任教 3 年后，1986 年被河南大学“挖走”，成为河南大学的一名美术教师。

艺无止境。对艺术充满渴求的王颖生在河南大学执教 9 年后，再次踏上求学之路。1995 年，王颖生考上中央美术学院国画系研究生。自费生的生活是很苦的，生活费、画材费、住宿费等都需要自己想办法解决，但王颖生没有被困难吓住，他顽强地坚持了下来。王颖生说，自己是在家人和老师的鼓励下完成的学业，艰苦岁月的磨炼使他在艺术道路上走得更加坚定。毕业 30 年后，同学们聚会时得知，他是唯一一个坚持本专业走艺术之路的人。

1997 年，王颖生从中央美院国画系工笔人物专业毕业，留校任教，到中央美院壁画系工作室从事中国传统重彩壁画教学。2003 年，王颖生被选派至俄罗斯做访问学者。“虽说当时自己有一定成就，获过不少国内外的大奖，在业界也有了一席之地，但到俄罗斯以后，我还是很虚心学习，潜心钻研。我当时想，既然来了，就一定要把该学的东西学到，于是就经常参观博物馆、与当地画家交流、进行文化考察等，收益很大。”王颖生说。

十年磨剑，传统壁画创作成果丰

从 1997 年王颖生在中央美院从事中国传统重彩壁画教学后，他的个人创作就与传统壁画结下了不解之缘。王颖生在教学与艺术创作上曾经多方探索，尝试用多种手法和材料设计制作壁画、雕塑及环境艺术，尽自己所能努力进取，以求能够成为壁画专业需要的合格教师。

在读研之前，王颖生已有 10 年高校任教的经历，在教学上不是生手。但壁画系工作室是一个兼顾中、外两大传统的大型绘画工作室，首任工作室主任是侯一民先生，继任者是孙景波先生，两位先生都是中外兼修。王颖生对自己承担的传统工笔重彩课程进行了系统梳理，结合壁画临摹、写生创作，取得了一定的教学效果。他的课程被评为中央美术学院精品课程，不仅如此，他还培养了一批初步掌握传统重彩壁画保护、绘制的毕业生，这些毕业生被陆续分配到全国各地文化机构和博物馆。

2005 年岁末，鄂尔多斯成吉思汗陵旅游区管委会一行拜访孙景波先生，给壁画系工作室带来了一次大型壁画的实践活动。王颖生受孙景波先生委托，带领创作团队师生入内蒙古走沙漠，沿成吉思汗征战之路，观天象察地貌，考证掌握第一手资料，为创作做足了功课。王颖生选择了用自己所擅长的工笔重彩进行创作。经过半年的准备、3 个月的绘制，由孙景波先生、唐晖老师和王颖生分段绘制的超大壁画《一代天骄》终于完成。该作品在第十一届全国美术作品展中被评为壁画金奖。当时正值酷暑，没有空调，王颖生挥汗如雨，几个月下来瘦了十几斤。

2009 年，王颖生与孙景波先生申报的中国传统壁画教学、修复与保护课题获得教育部立项并获得课题设备经费支持。此时，适逢大同市政府来谈合作，大同市由煤炭城市向文化城市转型，在华严寺、善化寺、灵岩寺进行寺观壁画的再造与重光。王颖生的团队 10 月进入华严寺。华严寺为辽金皇室祖庙，规模格局宏伟。为达到与建筑及辽、金、明、清雕塑、壁画协调的效果，王颖生等人遍访山西辽金遗存，寻查寺观古墓，取得充实的资料与依据进行创作，对传统重彩壁画的语言形式，特别是辽金时期佛教壁画的造型、构图、设色、勾线等表现手法进行深入的探讨研究，数易其稿，耗时半年终于上墙。壁画完成后观者如云，市民、专家好评如潮。专业人士评价说："不让古人。"信任的建立让他以后的绘制一帆风顺，随后王颖生所绘《善财童子五十三参》背屏《水月观音》又受到广泛赞誉。在 12 米高的脚手架上，王颖生师生们攀高踞险勾画如仪，猿臂轻舒手绘五彩祥云。

2009 年至 2012 年，王颖生等人在 3 年的时间内手绘完成了近

3000 平方米、100 多幅 8000 多个人物的传统重彩壁画。这是传统重彩壁画沉寂三百年后的最大规模的壁画群，前后有 150 人次参与。壁画系工作室师生及选修中国画和雕塑、油画等专业的同学有了教学与实践的结合，获得了临场绘制的经历和经验，课堂所学不再是纸上谈兵。

2013 年，洛阳隋唐遗址重建武则天礼佛之天堂，来自家乡的邀请让王颖生所在工作室又有了追梦大唐的机缘。由王颖生主笔设计绘制的《万国来朝》，在第十二届全国美展中获得铜奖。

回顾十年来完成大型重彩壁画的过程，王颖生收获颇丰，感慨良多。他说："我们在美术学院建立符合国际标准的实验室，使我们保护、绘制重彩壁画有了与国际接轨的可能。新型的绘制材料也在壁画系师生 30 年来的试验与改进中不断提升，现在，异地绘制安装轻捷便利，维护方便，一改传统壁画墙毁画亡的惨痛历史。"

王颖生说，中国传统重彩壁画很多，包括敦煌壁画，还有陕西、河南等地的墓室壁画。这些画一旦被打开颜色就会迅速老化，这个时候的保护揭取，中国还处在很业余的水平。这个专业在中国整个美术教育里是一项空白。近十年来，王颖生一直致力于这项科研工作。目前，他把这项工作当作一个专项课题研究，并获国家专项科研经费，在他的实验室内，多台仪器都是国际一流的。我们期待王颖生和他的团队早日填补这项空白。

画家的大写意人生

——温力宪创作之路

温力宪，1954 年 12 月出生于河南省太康县，1978 年毕业于周口师专美术系，1987 年结业于河南大学美术系，1985 年师从著名画家李世南先生。任中国美术家协会会员、河南省书画院特聘画家、周口市书画院院长、原周口市美术家协会主席。温力宪一生致力于现代水墨人物画的研习与创作，是中国画大写意代表人物，其画风浑厚豪放，对画坛产生了广泛影响。其国画《乡戏》入选建军七十周年全军第九届美展，《春天的风》获世界华人书画展铜奖，《盼》获“中亨杯”全国书画大展优秀奖，《五老论画图》入选 2004 年首届中国美术家协会会员中国画精品展。

在位于北京定慧寺桥附近的画室里，温力宪每天泼墨挥毫，一幅幅大写意中国画在他笔下精彩完成。大象无形，以意传神，让人感受到的是大墨之美。

幼年爱画，中年学画，一生画画，画家温力宪先生的璀璨生活每天就好似在画中度过。

播下画的种子

1954 年，温力宪出生在太康县的一个普通农村家庭。虽然他小时候家庭并不富裕，不能给他提供一个良好的艺术学习环境，但温力宪还是从各方面展示出了对画画的热爱。

温力宪从小喜欢画画，但是正经学画的条件却很有限，找不到老师，也买不起笔墨纸砚。那时的小朋友们都爱看连环画，温力宪就向同伴们借过来，比葫芦画瓢画那些他感兴趣的人物。附近三里五村也有几个画炭画像、搞剪纸的民间艺人，温力宪就有意识地和这些人接触，用心看、专心学，然后找点废烟盒纸、废作业本，用铅笔自己试着画。由于长期的坚持，到了高中后，温力宪已经有了一些基础，学校出黑板报的时候，他已经能得心应手地画点插图，写写美术字了。

源于对美术创作的热爱，高中毕业后，温力宪毅然报考了当时的周口师专美术系。从周口师专毕业后，受就业环境和生活压力的影响，温力宪并没有直接走上专业美术创作的道路，而是进入原纱厂下属的子弟学校当了一名老师。可贵的是，身在校园这样一种相对安稳的工作环境中，温力宪对艺术的热情不减，从来没有放弃对梦想的追求。

女儿还没满月，温力宪就出去画速写。没钱买纸，温力宪就通过印刷厂的朋友买一些价格相对便宜的新闻纸。成堆成堆的纸堆满了房间，到最后全部变成了速写作品。

有一天晚上，温力宪跑到老汽车站对面的人行道上画速写，他时而抬头看看车站大楼，时而低头认真地画上两笔。“你在干什么呢，这大晚上搞什么小动作呢？”温力宪怪异的行为引起了车站工作人员的警觉，车站保卫人员把他当成坏人严厉地盘问。

这简单枯燥的速写，温力宪整整坚持了十年，在人物动态、人物造型等方面打下了坚实的基本功。回忆起来，温力宪感到这十年对自己的艺术生涯帮助很大。

偶得良师益友

1985 年，一次偶然的机会，温力宪认识了一位改变他一生的贵人——画坛泼墨大写意人物流派的领军人物李世南先生。

温力宪至今记得，1985 年 1 月，在第六届全国美展中国画作品展上，李世南先生的美术作品《开采光明的人》入展其中。这幅作品关注的是处于底层的一群煤矿工人的生活，兼顾了作品的艺术性和真实性。当辗转看到这幅作品时，温力宪顿觉眼前一亮，心灵受到强烈震动。他难以抑制内心的激动。在想尽一切办法找到李世南先生的通信地址之后，温力宪向李世南发出了第一封求教信。

当时的李世南已经是书画界大师级人物，居住在艺术之巅的武汉，而温立宪只是周口的一名普通教师。也不管是不是冒昧，抱着试试看的态度，温力宪给李世南寄出了第一封求教信。

在信中，温力宪写道：“李老师，您好，前不久我看到了您的作品《开采光明的人》，心情非常激动，对您非常景仰。我感觉到我和您的心灵是共通的。我和您有很多相似的地方，我学画基本上也是自学的，也在一个纺织厂做美工，在子弟学校当老师。我想跟您学画画，期待着在您的指点下有所提高。”

大师是那样的谦逊。在收到温力宪的来信后，李世南不仅亲自回信，而且随信寄来了一幅近作。在信中，李世南给了温力宪热情洋溢的鼓励，并且向温力宪发出邀请，希望温力宪有空的时候到武汉会面畅谈，以便深入交流和沟通，而且特意强调随时来随时欢迎。

当然，受客观条件限制，当面拜师愿望的最终实现也颇费了一番周折。由于当时家庭条件比较困难，二人又相隔很远，为了见到老师，温力宪吃了不少苦头。

温力宪说，一来他当时在学校担课，请假就要空课，所以时间上不允许；二来他的工资也不高，一个月几十块钱，养家糊口还很勉强。一旦出门，花销也是问题。但为了见到老师，温力宪克服种种困难出发了。他背着自己的画作，从漯河坐火车前往武汉，买不到有座位的火车票就买站票。从漯河到武汉几百公里，10 多个小时，他一路站着。车厢里人多，他的衣服都湿透了。凌晨时分，他到达武汉，然后又一路询问着来到湖北省文联大门口，等待李世南来上班。请李世南对他的画作进行点评之后，连饭也不吃就匆匆忙忙赶到汉正街，乘武汉到周口的货车回来。

温力宪说，他原来对泼墨大写意作品只是喜欢，没真正实践过，李世南的言传身教，让他对此有了一种新的感悟。从思想上、认识上、技巧上，都有了一个全新的提升。自古以来就是人品高，画品才高，人品不高，画品也不高。温力宪不仅在李世南身上学到了绘画技法，也学到了不少做人和做事的道理，提升了自身的修养。

梅花香自苦寒来。凭着自身的努力，在李世南的指导下，温力宪的绘画水平得到了很大提高，也成就了他如今的绘画风格。他也成功进入了周口市书画院，开始从事自己喜欢的工作。

艺术之树常青

很多人平常都只看到了画家表面上的风光，却往往忽略了作画过程中的艰辛。对于温力宪来说，由于自身对作品的要求极高，在他一生中，撕画也是常有的事情。

在一批画中，只要发现一个共同的问题，而恰恰这个问题又是很要命的，温力宪的选择就是撕了，毫不犹豫地撕了。2010 年，出于一些不便透露的原因，温力宪把此前两年的画作都撕了。那些送出去的和拍卖出去的作品，他甚至愿意高价回收，只为撕掉。1000 多幅作品，温力宪撕画撕得肩膀生疼，三天掂不起毛笔。他不心疼这些有瑕疵的作品，但是两年时间白白浪费掉了，珍藏了多年的几十刀老纸浪费掉了，却让温力宪很心疼。

温力宪说，自己一辈子画个不停，直到今天，在别人眼中进入了所谓的成熟期，但画作的成功率也只有三分之一，画三张，能成一张就不错了。出来的作品中，三张中能有一幅自己满意、业界看好的，那他也就心满意足了。第一笔下去不满意，直接撕掉，现在也是常有的事。

艺术需要悟性，更需要长期的坚守和积累。对于那些总想剑走偏锋、一夜成名的年轻画家，温力宪直言不讳地建议：耐不住寂寞、坐不得冷板凳，趁早转行。

在温力宪看来，现在的画家，急功近利的比较多，大多比较浮躁。还没画几年呢，就想投入市场。基本功还不扎实呢，就想着找个捷径。绘画没有任何捷径，没有付出，就没有收获，必须要脚踏实地不断积累。温力宪认为，很多大的艺术家，尤其是中国画画家，不到 60 岁，是难以步入成熟期的，60岁才是成熟期的开始。而当今的很多年轻画家，吃不了这个苦，总沉不下去，始终处于焦灼、忧虑、浮躁的状态中。

2006年，温力宪被评为“当代最具学术价值和收藏价值的画家”。“读温力宪的画如观狂草书法，那种不可遏止、不能自已的迷狂与亢奋，那种意由心出、笔随意转的状态，形成了他与诸家书体风格迥异的‘诡异怪状’与飞舞之姿。”正如著名画家、美术出版家贾德江先生的中肯评价，温力宪的作品在业界广受赞赏。

在获得自身荣誉的同时，作为周口市美协主席，他带领周口市的美术界人士，转战省会、首都，辐射全国各地，把周口美术界很多名家名作推广到外界，使美术大家和美术作品成为宣传周口、推介周口的一张名片。

周口的美术队伍非常庞大，通过这几年的培养，周口美术事业在河南省是名列前茅的。2005年，周口市举办了首届中国画提名奖展出活动。温力宪说，这次展出对周口美术事业的整体提高是一个大的突破。此后不久，周口市就涌现出张东林、宋志刚、罗文青等一批有潜力的中青年画家，现在都成了周口美术界的中坚力量。

从文联退休后，温力宪来到了首都北京。在全新的舞台上，他希望能够通过自身的努力，让更多的人去了解大写意中国画，了解周口的文化。

北京是政治经济文化中心，在这个更为广阔的舞台上，温力宪接触到了更高层次的作品，拜访到了更多有名望的师长，自身创作的水平也得到新的提高。温力宪说，大写意是稀有画种，也是尖端艺术，他要竭尽全力使之发扬光大，要让更多的人了解这个画种，去理解它的内涵。对于家乡，温力宪有深厚的感情。他坦言，周口历史悠久，文化厚重，如果没有这一方水土，自己可能也成不了画家，无法把豫东风情融入作品，从而形成独特的艺术风格。身在京城，他每次结交到新的朋友，无论在多大的场合，温力宪总是非常郑重地介绍自己在周口的两个职务：周口市书画院副院长、周口市美术家协会主席。

心中怀有梦想，六十五仍有激情，温力宪先生的艺术之树必定常青。

弃医从文的名刊主编

——赵兰振创作之路

赵兰振，河南郸城人，1983年毕业于南阳卫校大专班，后在北京中医药大学、鲁迅文学院进修。先后在郸城县卫校、郸城县南丰镇卫生院工作，曾任郸城县南丰镇卫生院副院长，北京出版集团《十月》杂志社副主编。

梦想就像一粒种子，播撒在心灵的土壤里，尽管它很小，却能够破土萌发、开花结果。

放弃安逸的生活，背井离乡来到北京，最终打拼出一片文学天地，就是因为赵兰振在自己心灵的土壤里播下了文学梦想的种子。

赵兰振是个内敛的人。面对来自家乡的人，赵兰振谦虚地说，就个人经历来说，自己并不算是"周口市优秀读书人"。他甚至不愿意过多地谈自己文学上的成就，而是说自己在读书学习中还有很多不足与遗憾。

当医生服务乡亲

赵兰振出生于周口市郸城县石槽镇赵老家村，孩童时期就对文学非常痴迷。小学二年级的时候，他看到堂哥家有本长篇小说，名字叫《征途》，就借过来看。好厚的一本书，他边看边查字典，虽然看的过程很吃力，但是感到自己小小年纪就能悟出一些道理，也觉得很享受。

赵兰振脑子好用，小学、初中学习成绩一直很好。初中时所写的作文被老师当范文诵读，并被全班同学背诵，这给了少年时代的赵兰振极大的信心，让他对写作更加热爱。1978年，他考入郸城完中（现为郸城一高），成为县重点高中的学生。从小爱好写作的赵兰振在高中阶段不断扩大阅读面，不断思考，一直坚持写日记。

赵兰振偏爱文学，但并没有放松对其他学科的学习。1980年7月，郸城完中4个高中毕业班有30多位同学考入了大专以上院校，赵兰振名列其中，顺利升入大学。

在那个吃上"商品粮"就是最大梦想的年代，赵兰振无疑是幸运的。但是，在赵兰振的心灵深处，似乎还有些许遗憾。他渴望跳出农门，但他的志向不在学医，而在文学。既来之，则安之。专业课是安身立命之本，大学时期的赵兰振在尽力追求文学梦想的同时，也未敢荒废主业，医学理论知识和实践技能也非常扎实。

1983年7月，赵兰振大学毕业回到了家乡郸城。他文笔不错，口头表达能力也不错，最初被分配到一家乡镇卫生院工作，不久被调到郸城卫校教书。

当时人才匮乏，像赵兰振这样学有所成、综合素质较高的人才就更为稀少。赵兰振很快就进入了组织的视线，得到了上级重视。1985年，刚参加工作不久的赵兰振就被组织选送到北京中医药大学进修。

重点培养是提拔重用的前奏。在北京中医药大学进修期间，赵兰振重点学习了中医骨科诊疗知识。从北京中医药大学进修回来，赵兰振反复衡量斟酌，觉得自己的才华在于写作，爱好也是写作，继续留在县城肯定大量时间要用于日常工作，对写作不利，离文学的距离也会越来越远，他决定去乡镇卫生院，在那里相对清闲些，能够有更多的时间读书写作。于是赵兰振从当时许多人都想去的县城自愿来到了乡下工作。

当作家追逐梦想

按照惯性思维，赵兰振会在从医的道路上平稳地走下去，或者在职称上、职务上按部就班地前进。但是，有四大因素改变了他的生活轨迹。

其一，大学毕业后丰富的工作学习经历和人生积淀，为赵兰振的文学创作提供了丰富的素材。写东西他心中有数，下笔他文思如泉。在南丰镇卫生院工作的几年中，赵兰振把所有的业余时间全部用在了读书和写作上，时间不长就小有成就。1991年，他的第一部中篇小说《家务事》在河南省的知名文学杂志《莽原》上发表了。赵兰振说，现在回过头来看那篇小说，显然很稚嫩，但在当时却让他信心倍增，重新燃起了文学梦。

其二，赵兰振是个责任心极强的人，但是受客观条件限制，总有一些病人会让医生无能为力、束手无策。每每碰到这样的情况，赵兰振就会感到无比愧疚，甚至彻夜难眠。当时赵兰振已是一方名医，慕名而来的求医者让他无法承受心理上的压力，于是就想通过改行来逃避。

其三，赵兰振认为，要想写好家乡，就必须跳出这个地方，实现自身和故乡的时空隔离、文化隔离，所以在选择文学道路的同时，他也选择了远离故乡，来到文化中心——北京这个大都市。

其四，赵兰振认为，当作家和行医是很难兼容的，他偏偏又承受不了频繁的心理切换。比如，夜晚，看着朦胧的月光，听着风吹树叶的声响，作家觉得很美，对作家而言已经完成了自己的文学体验。而科学家、生物学家就想得很严谨：月光如此朦胧，明天会不会下雨；树叶落得很多，是不是发生了病虫害。

但是，他的抉择依然是渐进式的。

1994 年，他向单位请了假，到北京鲁迅文学院进修文学理论和创作知识。他给强烈反对他的家人、朋友准备的托词是：我去学习半年，若我能在这方面发展得好，我就干下去，如果行不通，我还回来老老实实当医生。

最后，拗不过家人的劝说，赵兰振结束了在鲁迅文学院半年的学习，回到了郸城。但是这次回来，赵兰振已经清楚地认识到，走上弃医从文的道路只是时间早晚的问题了。

1997 年，赵兰振再次来到鲁迅文学院学习。

家人和朋友很不理解：赵兰振作为一方名医，收入不错，进步的空间和潜力也很大，何必再去另一个行业冒险呢？但是，在赵兰振看来，所有的获得都是以舍弃为前提的，人要淡定地面对失去才能有所收获。在人生抉择的关键时刻，赵兰振丢掉世俗功利，听从了内心的召唤。

来到北京，赵兰振没有遇到太多障碍，走过的道路一直平顺。他最初被中国青年出版社的《青年文学》杂志聘为编辑。在《青年文学》工作期间赵兰振表现出色，发掘了大量的文学新人，很快在文学编辑圈里有了名气。2003 年，《十月》杂志社负责人在尚未谋面的情况下，电话诚邀赵兰振到《十月》工作。

《十月》杂志在文坛上享有盛誉。在《十月》工作期间，赵兰振兢兢业业，取得了良好业绩，不但倾注全力编辑名家名作，还不遗余力地推举有实力的中青年作家。赵兰振再度成为获奖编辑，他所编辑的两部作品先后获第四届、第五届鲁迅文学奖。同时，赵兰振一直负责杂志社的经营管理工作，他不断创新，组织各种文学活动，开展文学与社会各界之间的横向联系，他所负责的活动圆满成功，得到了各方赞誉。赵兰振一步一个脚印，从一名编外的聘任编辑，成了《十月》杂志社副主编。

当主编关注家乡

在更高的平台上，赵兰振依然在作品中表现着家乡的风土人情，关注着周口文学事业的发展进步。

赵兰振说，面对家乡的作家朋友，心里确实有点忐忑不安。但是，见了家乡人，心里面也感到惬意和欣喜。我们生于周口，长于周口，故乡这片土地对所有游子都是有着特殊意义的。童年是作家的父亲，一个作家、一个艺术家，他一生所有的创作都是围绕故乡展开的。豫东方言说“三岁看老”，童年对于作家来说确实非常重要，你睁开眼睛第一次看到的世界，对你的一生有着决定性的影响。有的人会说，作家的写作范畴可以无限扩大，但是即便你写的是外国的故事，最终也会发现，在故事情节展开、矛盾冲突设计的习惯上，还是跳不出故乡思维。

赵兰振还谈到了一个有趣的现象，每到一个新地方，他的第一件事就是辨明方向，确定自己所在的位置，这样心里才有底儿。每当这个时候，他脑子里首先要确定的是家乡的位置在哪个方向，然后以家乡为参照，很快就能明确定位。赵兰振说，语言能够留存故乡的一些元素。出于工作交流的需要，赵兰振平时说普通话，他的孩子在香港读大学，说英语和粤语。但是回到家中和家人团聚的时候，他们所说的仍然是家乡话，这是习惯。故乡在现实中正在远离，但故乡仍留存在语言之中。

赵兰振非常关注周口文学事业的发展。作为文学杂志的编辑，这些年赵兰振要读太多的稿件。周口不同时期的作家的作品他都读过，现在比较活跃的像邵丽、墨白的稿子他都编辑过。他说："作为一个作家群，'周口作家群'的影响和写作高度完全是值得肯定的。周口作家生活积淀极其厚实，很有厚度。哪怕是刚开始写作的作家也不缺乏生活积淀。"

赵兰振认为，周口作家进行文学创作有着明显的地域和文化优势。中原地区在相当长的历史时期都是文化核心区，厚重的文化给了周口作家丰富的营养。周口人口众多，纷繁的人类活动和人际交往也为作家的创作提供了很好的素材。周口方言属于北方方言，而北方方言是普通话的基础，我们的家乡话可以直接进入文学创作，不需要刻意进行二次转换。

赵兰振肯定"周口作家群"的同时也指出了周口作家的一些欠缺。"比如说我们的叙事技巧方面，现代技巧没有真正介入，我们的写作还趋向于传统，不像江浙一带，把现代叙事技巧介入作品，就显得比较圆润。我觉得一个作品有没有现代性，不是说你是一个现代派或是一个传统派。一篇小说里面有没有现代性，就是看你有没有个性化的叙事出现，我认为作品最重要的就是有个性化的存在，就是要打破事件发生的自然秩序，根据叙事的要求，根据叙述者的要求来重建秩序，因为小说是创造，而不是再现。你的叙事和事件之间应该是出入自如，对叙述技巧的把握要灵活。"赵兰振侃侃而谈。

赵兰振说，除了叙事技巧之外，另一方面就是小说包括一些散文作品的真实性问题。真实是一部小说的灵魂，包括现代小说理论都在谈，西方作品为什么要用反映意识流的手法，就是社会对人个性的挤压，迫使人回到内心，更直接的原因就是作家为了达到真实的状态，发现描写人的内心世界，可能更容易进入真实。同等水平的作家，你的作品是不是有价值、有品质，真实是检验的标尺，而且是第一位的。我们现在的作品也有真实，但是我觉得真实是表象的，打开得不够细致。是不是好的作家，就在于他能否用自己的语言把读者拉进他的内心世界，如果不能，无论你从其他方面怎么描写，都不可能写出好的作品。

槐乡生态的文化表达

——房墉创业之路

房墉，1972 年 5 月出生于沈丘县刘庄店镇房营村。20 世纪 90 年代初，房墉离开家乡，到新亚公司北京办事处担任暖气片销售员，并凭借吃苦耐劳和诚信经营，成为营销队伍中的一匹黑马。经过十多年的打拼，2004 年，房墉创办了北京翰高兄弟科技发展有限公司（简称“翰高科技”）及北京翰高兄弟装饰工程有限公司，致力于建筑保温及装饰材料的研发与施工。2006 年 10 月，举世瞩目的 2008 年奥运会奥运村工程建设项目在北京开标，房墉的公司击败了众多实力强劲的国企、外企，一举中标了奥运村建设 4 个标段中的 3 个，成为一匹风头最劲的黑马。2008 年，这匹令人称奇的黑马如愿夺得济南全运村项目的外墙保温工程，成为业内唯一一家在奥运、全运工程项目建设中连续折桂的企业。2009 年，房墉被国家住建部授予“中国建筑节能减排十大突出贡献人物”荣誉称号。2011 年，房墉获得中国城市建设优秀成果交流会优秀成果一等奖。同年，应家乡政府邀请，房墉投资 6 亿元在沈丘建设了中华槐园项目。之后，又投资建设了槐府六号和长安新城花溪湾项目。

房墉现为周口市人大代表、周口市驻京青年主席、周口市十大青年创业指导培训师、沈丘县（北京）同乡联谊会副会长兼秘书长、沈丘县工商联副会长。

业界杀出传奇黑马

“1990 年 3 月 3 日是我人生中最难忘的一天。那天，我从沈丘来到新亚公司北京办事处当暖气片销售员，掘得人生第一桶金，成为销售队伍中的一匹黑马。”房墉回忆起初到北京创业的情景，说他无论做什么事，都先在心里定个目标。初到北京时，他给自己定了三个“一”：每一天都要过得开心充实，每一个月都要跑烂一双鞋，每一季度要磨烂一张地图。也正因为这样，他在业内迅速崛起。

“那时候，我们暖气片销售员的业绩提成比例是 3%~5%，收入不是很高。为得到丰厚的报酬，到北京的第二年起，我在销售暖气片的同时，也销售皮革、牛羊肉、小磨香油等。别人创业吃过的苦、受过的累，我都经历过，这也是我的人生财富。”谈起从艰辛走向成功，房墉说，只有努力付出，不断读书学习，才能苦尽甘来。

1992 年年底，把暖气片销售业务做得风生水起的房墉向公司提出辞职。房墉说，当时他之所以辞职，是为了到北京管理大学当走读生。1996 年，房墉开始创业。从内墙涂料到外墙涂料再到建筑墙体保温，他用 3 年的时间走完了跨越式发展的全过程。天有不测风云，在建材市场上意气风发的房墉，1999 年，因积劳成疾患上了再生障碍性贫血，不得不住院治疗，他只好将生意交给了弟弟房振打理。2002 年出院后，房墉说，既然他又活过来了，就不能白活。此后，房墉以只争朝夕的精神，开始了对人生和理想的全新追求。

涂画温暖美丽新世界

2004 年，经过全方位筹备，房墉在北京市怀柔区创办了翰高科技，将企业定位为研发、生产、销售、施工、服务为一体，以散热器、建筑涂料、建筑保温为主要项目，以“打造温暖美丽工程”为己任的综合新型建材企业。在房墉的带领下，翰高科技先后承揽了优山美地、长安新城、东恒时代、金融街文化广场、观唐别墅等一系列重大工程项目。2006 年 10 月，翰高科技厚积薄发，高分中标 2008 年北京奥运会奥运村外墙保温与装饰工程，入选“北京 2008 城市环境工程涂料供应企业 38 家”。2008 年，翰高科技再次中标国家重大工程项目 2009 年山东全运会全运村外墙保温工程，成为业内唯一一家双中标奥运村、全运村的企业。房墉说，“两村一会（奥运村、全运村、上海世博会）”中标成功，使得翰高科技成为业界的传奇，并得到了奥组委、全组委、国家主管部门的隆重表彰，翰高科技开始在业内声名鹊起。房墉也因此成为外墙保温行业的领军人物，完成了一个草根人物的华丽转身。

房墉之所以被称为“儒商”，是因为他把深厚的文化积淀与科技创新融为一体。早在创业初期，饱受中国传统文化熏陶的他，就力图将文化元素导入企业经营的各个层面。他倡导的“节能艺术建材”，正是这一思路的产物。如今，翰高科技特有的“艺术建材”已成为业内的风向标。

创业有成反哺故土

因担任沈丘县（北京）同乡联谊会副会长兼秘书长，房墉经常组织在京的沈丘人联谊，因此对家乡的建设有所了解。房墉认为，回乡投资，投的不应该仅仅是资金，文化的力量给家乡父老带来的收益，或许比资金和项目更多。

房墉应家乡政府邀请，投资6亿元在家乡沈丘建设了中华槐园项目。这个项目总占地面积350亩，包括千字文广场、水上乐园、中华槐园等工程，引进栽植全国各地的槐树品种，建成全省乃至全国闻名的槐树品种资源基地，并以中华槐园为平台，开发槐药、槐园、槐蜜、槐茶、槐食等系列产品，努力打造以槐店、槐树、槐山羊为主的“三槐”文化品牌。“中华槐园不是一个普通的文化现象，而是故土文化的载体，是故土文明的寄托，是对故土的感恩。”房墉说，“如果一个城市应该有自己的性格，那么，城市之外的乡村，更需要具备彰显自己风情的元素。我目前正在做的就是让家乡父老再一次回归自然，重拾童年记忆，让人们更加热爱自己的家乡。”

房墉说，回报乡梓不能只停留在物质方面，更应该重视精神和文化方面。为此，他曾多次向沈丘学子及文化工作者捐款。仅2013年春节，房墉就代表翰高科技向全县大中小学生捐款数十万元，并向县文联和县作协捐款十多万元。

目前，作为周口市十大青年创业指导培训师，房墉开办了“翰高课堂”，为家乡农民工提供丰富的职业培训。“翰高课堂”已在周口开办各类就业培训讲座 24 场，有近 20000 名周口籍子弟接受过培训，1500 多人开创了自己的事业。

细细算来，房墉这几年为家乡人民办了多件实事：建造了 AAA 级旅游景区——中华槐园；修建“美丽线”——沈丘东环路；建设槐府六号；打造千字文文化名片；开发新农村建设与有机农业；建设了环境幽雅、书香四溢的莲舍。

打造家乡宜居环境

为改善家乡人的居住环境，让他们住上好房子，房墉在中华槐园东南角开辟出 100 多亩地，分两期开发，建设成一个集居住、商务、办公、购物、娱乐、文化、休闲为一体的高档次综合型物业。如今，这里已成为沈丘首席居住商务休闲城市综合体，不但大大提升了所在区域的环境、品质、品位，也彻底改变了沈丘无规模化、综合型、贴近百姓生活、具有浓郁现代感的城市综合体的历史。

2012 年，受刘庄店镇党委、政府邀请，房墉创办了沈丘县翰香置业有限公司，投资并承揽了刘庄店镇“长安新城·花溪湾”项目的建设。该项目规划建设 1100 亩，分 3 期完成。项目完成后，可乔迁刘庄店镇尹营行政村等附近 10 个行政村的居民。

开发现代有机农业

2011 年，以房墉为董事长的翰高科技成立周口市五原伴农业发展有限公司，租赁 400 亩土地，投资开发建设了五原伴生态园。五原伴生态园一期工程占地面积 500 余亩，园内种植了上千棵百年国槐、上百种园林绿化苗木；二期工程占地 500 余亩，投资约 8000 万元，生产有机生态食品——“沈丘五宝”（腊菜、辣椒韭菜、黄芝麻盐、椿辣酱和酱豆）等，让市民享受无污染纯天然食品的同时，还能回味舌尖上儿时的味道。围绕刘邓大军渡河战事建设系列雕像，发展红色旅游，弘扬红色文化，打造周口乃至豫东最具特色的集旅游、文化、科教和有机生态食品生产为一体的生态公园。打造“五地”效应 ：一个让世界领略、追寻农业文明的“朝圣地”，一个中国感知、感受中原之“原”的“原版地”，一个传统农业和现代农业滋养的“乡愁地”，一个农业文化观光、娱乐的“欢乐地”，一个引领现代农业发展、实现有机生态、解决“三农”问题的“新高地”。

房墉说，他要打造能代表中国向全世界开放的“中原黄金地”，打造“玩得开心、吃得放心、住得舒心”的现代有机农业观光产业园。

他在读书中成长，又在读书中走向远方。

收藏对话历史

义捐折射高度

——朱海彬收藏之路

出生于周口市太康县古玩世家的朱海彬，从小受祖父和父亲的影响，酷爱收藏。他从事古玩鉴定及收藏三十余载，收藏数千件古陶瓷，成为古陶瓷收藏业内知名玩家，现为北京国博文物鉴定中心陶瓷鉴定专家，编著有《古代雕塑玩具作品集》。他先后两次将珍藏多年的 266 件古陶瓷玩具捐赠给中国美术馆。2014 年他又向北京民俗博物馆捐赠 37 件藏品。2015 年，他向周口市捐赠藏品数十件，估价至少过百万，以表达一个收藏游子对家乡的深厚感情。

朱海彬是一个瘦瘦的带着文雅气息的中年男人，从太康老家走出的他，在几十年的收藏生涯中，不仅收藏了不少珍品，还“收藏”了不少光彩的故事。

鉴定古玩水平获专家赞誉

在北京民俗博物馆的一个大展室内，有朱海彬捐赠的部分陶瓷玩具文物。这些陶瓷玩具个头不大，色彩鲜明，造型精致可爱，让人在惊叹之余，更加感受到古人制作陶瓷玩具技艺之精湛。

北京民俗博物馆馆长曹彦生说：“多年来，我认识搞文博者不计其数，但像朱海彬这样执着和对古陶瓷鉴赏精准度如此高者为数不多。能达到‘一眼准’的地步，正是他几十年收藏实践和经验的结晶，让我对他这个收藏界的少壮派不得不另眼相看。”

受家族长辈的影响，朱海彬在上小学时就喜欢上了收藏，可以说，收藏已成为他为之付出一生的事业。谈到收藏的心得，朱海彬说：“收藏是我一生的最爱，没有了它，我的人生就没有了光彩。”

家庭熏染让少年情迷收藏

今年四十多岁的朱海彬出生于太康县城北街，从记事起，家中摆放的形态各异的瓷器和各种字画，就给他留下了深刻的印象。

“在儿时的记忆里，爷爷把那些东西看得特别金贵，不让碰摸，但是他老人家经常给我讲一些有关瓷器和字画的知识。”朱海彬介绍，文人出身的爷爷，早年当过兵，后来回到太康县城生活。老人家有个爱好，就是收藏书画和瓷器。

在爷爷的影响下，做五金生意的父亲平日也热爱收藏，只是父亲喜欢收藏明清瓷器，收藏范围也只局限于当地。

从小受爷爷和父亲的影响，朱海彬注定和收藏有着不解之缘，他的收藏是从收集铜钱开始的。上小学时，他看到小小的铜钱上面有各种不同文字，年少的他对这些铜钱产生了兴趣，逐渐把收集铜钱当成了儿时的乐趣。“那时，我经常在身上揣个剪刀，串门看到谁家门帘子上有铜钱就剪下来……”朱海彬介绍，一段时间下来，他就收集了一抽屉的铜钱。

随着年龄的增长，他又对收集邮票产生了兴趣。上初中时，他迷恋上了陶瓷。“看到父亲收藏的陶瓷上面描绘的山水、图画，感觉很精美，我怎么也看不够。很多时候，我一个人在房间里，抱着瓷瓶能静静地瞧上个把钟头。”朱海彬介绍，他收藏的第一件陶瓷，是在上初中三年级时买回去的。那时他拿着身上仅有的几十元钱，一个人坐车从太康到郑州，在一个文物商店，看到一个疑似明代的花瓶，就买了回去。经父亲鉴定花瓶是件真品，他高兴得忘记了饥饿和疲劳。

第一次出手竟如此成功，这极大地鼓舞了朱海彬，为他日后收藏增添了信心。

对话历史相识文化乐无穷

即便是大学期间，朱海彬仍在课余时间阅读有关收藏的书籍，为丰富收藏知识“充电”。毕业后回到郑州，他就跟着一些资深瓷器专家学习研究古陶瓷。近几年，他又“移师”北京搞收藏。

朱海彬喜欢逛古玩市场。一次，朱海彬在古玩市场看到一个操着外地口音的男子拿着一个精美的钵盂，正和商户讨价还价，双方僵持不下。

“当时，我第一眼就觉得这个钵盂十有八九是真品，可又不能‘半路杀出’，只能在一边等待时机……”朱海彬介绍，等外地男子走后，他急忙过去，仔细打量钵盂，经过一番讨价还价把钵盂收归己有。后经过专家鉴定，钵盂是真品，这让朱海彬捡了个“大漏”。

还有一次，在北京一个古玩城，4 个收藏者同时看上一个“荷叶盖罐”的瓷器，对方报价 5 万元，可是这 4 个收藏者都没敢出手。朱海彬一眼就确定那是宋代的物件，于是毫不犹豫地买了回去。后经权威鉴定，他这一次也没有看走眼。

在古玩市场“捡漏”，靠的是眼力，眼力来自多年的古陶瓷知识积累。“古陶瓷鉴定是门综合技术。鉴定一件古陶瓷真假，要对中国几千年来各地陶瓷的生产有所了解，从胎质、釉色、造型、纹饰、款式甚至重量等方面入手，才能做出判断……”朱海彬谈到如何鉴定就打开了话匣子。

朱海彬说，收藏家见到自己喜欢的玩意儿，便会魂牵梦绕、难舍难分。伴随着收藏瘾越来越大，他的藏品数量日趋丰富起来，目前已有 3000 多件藏品，成为圈内小有名气的玩家。

收藏也让朱海彬尝到了特有的乐趣。“这些年来，我就生活在藏品的世界里，有什么心事都向它们倾诉。”在朱海彬眼里，每件藏品都是一个特殊的文化符号，它后面都站着一群人、一段历史，看得见、摸得着，对话藏品，就如同和那个时代对话……

捐赠数百件藏品　专家起敬意

朱海彬家中珍藏着三本证书，分别是他向中国美术馆和北京民俗博物馆捐赠古代陶瓷时被授予的捐赠荣誉证书。

具体地说，在2012年和2013年，朱海彬两次向中国美术馆捐赠了266件藏品，2014年又向北京民俗博物馆捐赠了37件藏品。这批精美的古代玩具是国内历史文化的珍贵遗产，部分作品存世量稀少。更为重要的是，这批作品体系完备，涵盖汉唐以来各个历史时期，对于丰富国家民间美术收藏具有重要价值。

“朱海彬捐赠的文物历史研究价值、科学研究价值、工艺审美价值都很高。在市场经济下，人们懂得了古玩文物的价值，有些人更愿意把藏品拿去拍卖、投资等，并不愿向博物馆捐赠。然而，作为收藏大家的朱海彬看到的却是自己手中藏品的社会价值，情愿将藏品捐献出来，让更多的人能够欣赏和观看。他是广大收藏家学习的榜样。”原中国美术馆馆长范迪安对朱海彬表示由衷的敬意。

有学者这样评价朱海彬捐赠给中国美术馆的藏品：这些捐赠的古陶瓷玩具不但在古代陶瓷玩具方面帮助国家收藏形成更为完整的历史序列，同时也将有助于文化史和艺术史上相关研究工作的推进和发展。

“在国外，捐赠文物是很普遍的现象，经常有收藏家把收藏品捐给文物馆。我们应该多向人家学习。”朱海彬谈及捐赠藏品的初衷时说，“那些藏品是从古玩市场或者熟人手中淘来的，本来就是社会财富，我只是把这些社会财富捐赠出来，让更多人了解这些古代文化的精髓，对自己来说也是一种享受。”朱海彬表示，他会陆续把自己收藏的文物捐赠给国家。

第四次义捐到家乡

随着藏品的丰富，朱海彬逐渐意识到，与其自己欣赏这些藏品，不如让更多的人看到自己毕生收藏的古陶瓷。“想在京城建一座私人博物馆，让更多人有机会欣赏这些藏品。”这就是他近几年移师北京的主要原因之一。

可是，当他到了北京后发现，想在此建一座私人博物馆不是那么容易的事情。他说，如果博物馆建不成，就准备把那些收藏的文物陆续捐赠给国家，他的这个想法也得到了父亲的认可。他分三次将300余件藏品捐赠给中国美术馆和北京民俗博物馆，就是在父亲的支持下完成的。

“能与他人一起分享自己的藏品，那才是收藏的最高境界。”朱海彬说，收藏古物就是收藏文化，与他人分享自己的藏品，就是传播和弘扬历史文化。能做到这些，可算是人生一大幸事。

2015年以来，朱海彬将数十件文物捐赠给家乡的博物馆。他希望家乡人民能一睹这些藏品的容颜。

祝愿朱海彬先生的收藏事业一片锦绣！

颍河岸边走出的艺术家

——刘迅甫创作之路

刘迅甫，20世纪60年代出生在沈丘县纸店镇赵楼村。他自幼酷爱诗、书、画、印，经过多年的努力，他的作品在国内外重大赛事中屡获殊荣，并多次在中国美术馆以及日本、韩国、新加坡、美国、加拿大等国的诸多国家级展馆展出。此外，他还著有《屋檐雨》《三月雪》《刘迅甫绝句三百首》等诗集。其中，《刘迅甫绝句三百首》被中国现代文学馆、中国国家图书馆等国家图书藏馆永久珍藏。刘迅甫被国家相关部门授予“中国书画艺术成就家”“中国当代百名优秀书法家”“中国100位最具影响力的艺术家”等荣誉称号，刘迅甫曾荣获“中国跨世纪人才”“首届全国百家文艺奖”“中国第五届大众文学百花奖”“中国当代文学艺术界杰出贡献奖”。

2011年9月16日，中国诗歌学会、中华诗词学会、《中国作家》杂志社在北京人民大会堂为他举办了《农民工之歌》诗歌朗诵会暨研讨会。2012年10月25日，中国作家协会创研部、中国报告文学学会在中国作家协会10楼会议室为他召开了《农民工之歌》座谈会，全国六十多家媒体相继报道，在社会上引起了强烈反响。其艺术传略分别载入《中国百名优秀诗书画家传记》《中国书法年鉴》等多部大型专业书典。刘迅甫现在是中国作家协会会员、中国书法家协会会员、中国诗歌学会会员、中华诗词学会理事、中国艺术家协会理事、中国书画艺术院副院长、中国书画收藏协会副会长、中国传统文化交流协会常务副会长、中国艺术产业促进会副理事长、北京东方中国诗书画院院长。

贫寒中立志成才

“我是个贫苦家庭出身的农家子弟，迫于生计，我收过废品、拉过砖、运过煤，还睡过水泥地板。但我内心有鸿鹄之志，当兵复员回乡务农，几经历练成为地方干部，可是，我并没有留恋养尊处优的生活，而是把更多精力放到艺术创作中，从家乡农村走出，先在省城郑州发展，后又一步步地走到了京城，我一直在为艺术跋涉。”回想起自己经历过的艰难岁月，刘迅甫的眼里噙着泪水。正是有了少年时期的磨炼，他才有了立志成才、艰苦创业的动力，那段岁月是刘迅甫人生中不可多得的宝贵财富。

“我是农民的儿子，我的根始终在土地上。”刘迅甫这样给自己定位。虽然生于农家，但是刘迅甫从小与书法结缘。在刘迅甫老家，每到春节，家家户户都会贴春联，过去这些春联基本都是靠人手写。当时村里只有一位老先生会写春联，每到过年，大家就买红纸请他帮忙写春联。刘迅甫 8 岁那年，他拿上母亲赶集买来的红纸去请那位老先生帮忙，可请老先生写春联的人太多了。在等待中，刘迅甫靠近老先生仔细观察，在心里记下了这样一副春联——“社会主义好，江山万年红”，横批“毛主席万岁”。回到家里，他便自己写起了春联。没有毛笔，他找来一截麻绳，用细线扎紧，用剪刀修剪，捆扎于一节高粱莛子上，自制了一支“毛笔”。没有墨汁，他用锅灰调制了半碗“墨汁”。那字儿虽写得歪歪扭扭，却仍赢得一片赞扬声。从此，不论上下学、走亲串友，还是赶集、割草、放羊，刘迅甫常把自己的“文房四宝”带在身上，走到哪里写到哪里，百练不厌。没带书写工具时，刘迅甫就在村南边颍河湾里的一片沙滩上练习。那片沙滩平整而洁净，特别是在一场细雨过后，沙滩更加松软，很适合练字。刘迅甫说，也就是从那时起，书法艺术的种子在他心里扎下了根。

挥毫泼墨书画路

刘迅甫对书法艺术的追求不是用酷爱一词能表达的，而是到了走火入魔的境界。20 世纪 80 年代初，刘迅甫从老家步行往返 800 多里地到开封，师从著名书法家、书法教育家、书法理论家牛光甫，绘画受教于著名画家付凌云，篆刻深得著名书法篆刻艺术家尚仁义教诲。

刘迅甫的书法，取法豫人王铎。经过数十年的研习，逐渐形成自己的艺术风格：苍茫老练，意在笔先，顾盼生姿，布势连绵。刘迅甫不同于当今众多书法家，因为他从不玩弄形式，更不追逐流行，却有着属于自己的“形式”和“流行”，有着属于自己的坚守与主张。他的坚守是对经典法帖的深入解读，他的主张是对古人佳作的彻底剖析，并实实在在地融进自己的理解与感悟，融进这个时代的新面貌与最强音。

刘迅甫在书法道路上艰苦跋涉的同时，也没有停止过对绘画艺术追求的脚步。他的绘画艺术自成一体，欣赏他的画作，似乎能触摸到秀丽的景色，感受到曼妙的音韵。对于作画，无论是山水还是花鸟，刘迅甫说自己从不拘泥于物体外表的相似性，而更重视自我感情的抒发，尤为讲究留白的布置，讲究物体的气势以及笔墨的神采。他善于捕捉生活中的趣味镜头来丰富自己的画作，运用多种艺术形式来共同传递情感。与其说他的画作是他吟唱的歌，不如说是他心底流动的诗，是他笔下挥洒的字，只不过变换一下形式罢了。

诗吟百态现真情

诗书同源，诗词与书法血肉相连，密不可分。刘迅甫一边练字，一边背诵古今诗词，学以致用，增加“字”外之功。在此基础上，他开启了自己的诗歌创作之路。刘迅甫是一个高产的诗人，自 20 世纪 90 年代初出版了第一本诗集《屋檐雨》后，又出版了《三月雪》《八咏堂吟草》《刘迅甫绝句三百首》等。早在 1991 年他就加入了中国书法家协会，是当时唯一一位农民身份的会员。

刘迅甫的诗歌作品，目前有 2000 多首，许多人问他最大的创作源泉是什么。“生活，”刘迅甫总是脱口说出这几个字，“感悟生活，直抒胸臆。”

刘迅甫说：“诗歌以五彩缤纷的语言音节来表达作者的意境；书法以优美灵动的笔墨线条来表达诗歌的气韵。而最能完美升华思想感情的文体就是诗歌；最能表达诗歌美学思想价值的工具就是我们祖先发明的这支会‘千变万化’的毛笔。故有‘诗言心志，书为心画’之说。”真正的书法作品所表达的文字，已不再是呆板生硬的符号，而是通过黑白之间的起承转合、章法布局而变成血肉相连、顾盼婉转、飞光流美的个性灵物。诗书合璧的书法作品，不仅仅给人一种感观上的愉悦，更重要的是给人一种心灵的震撼和审美的体验。而刘迅甫正是当今诗书合璧的典范。

孝义真情打动人心

“霜飞两鬓已成翁，娘荡秋千儿攥绳。犹记嗔娇怀里抱，天真依旧是顽童。”这是刘迅甫的一首七言诗《与娘荡秋千》，创作灵感来源于其母亲。他 80 多岁的老母亲得病治愈出院后，在医院的小广场上，刘迅甫抱着母亲荡秋千，此后有感而发创作了这一首诗。该诗发表后，感动了成千上万的读者，被权威人士称道：“二十四孝卷后又一孝也。”这首诗后来被多家媒体采用，在社会上流传很广。刘迅甫既是艺术家，也是为人称赞的孝子。多年来，他从不让家人料理老人的生活起居，无论有多忙，他都是亲自为自己的老母亲洗脚、剪指甲、梳头发，30 多年如一日，悉心照料母亲，感动着身边的每一个人。

无论走得多远、飞得多高，刘迅甫心里想的始终是他的家乡，始终眷恋着生他养他的故土。2013 年，中共河南省委宣传部、河南省文明办、河南省广播电影电视局、河南省社科院联合主办的“寻找中原十大孝子”活动中，刘迅甫荣誉当选。颁奖晚会现场，中央电视台著名节目主持人张泉灵在宣读组委会给刘迅甫的颁奖词中讲道：“他的艺术，根植于农村，他的心思，一刻也没有离开过农村。无论身份是农民还是艺术家，无论生活富足还是贫寒，家乡的母亲、老人、父老乡亲永远是刘迅甫心中的牵挂。刘迅甫用他的作品向世人证明，不只有阳春白雪才是艺术，一份接地气的孝义真情，更能打动人心。”

2014 年春节前夕，曾经得到刘迅甫关爱的沈丘县纸店镇敬老院的 46 位老人，把他们精心制作的“孝感中原，情系乡土”和“感受孝义，分享亲情”两面锦旗送到刘迅甫手中，以表达家乡人民对他的一片感激之情。

为农民工而歌

刘迅甫自己曾经就是农民工，他对农民工也有着深切的感情。他们在最艰苦的岗位，奉献着最诚实的劳动，离别了家乡，告别了父母，走进五光十色的大城市。这样一个庞大的群体，为我们的城市建设付出了血汗，但很少有人关注他们。这一切，农民工兄弟都默默忍受了，继续为我们的城市挥洒着汗水和青春。刘迅甫要为农民工兄弟写诗，希望通过自己的努力，能让更多的人对农民工有正确的认识。他所创作的每一首反映农民工的诗歌，都非常厚重，而且很有生活感。这些极具生活化的形象，强烈地震撼着每个读者的心灵。诗人站在审视历史的高度，为捍卫农民工的尊严而歌与呼，他所创作出版的诗集《农民工之歌》，被翻译成十几种国家的文字，连同诗朗诵光碟一并出版发行。

2011 年 9 月 16 日，中国诗歌学会、中华诗词学会、《中国作家》杂志社在北京人民大会堂为刘迅甫举办了《农民工之歌》诗歌朗诵暨研讨会，全国政协原副主席杨汝岱写信致贺："《农民工之歌》深度挖掘了农民工的丰富生活和内心世界，感情真挚，催人奋进。"2012 年 10 月 25 日，中国作家协会创研部、中国报告文学学会在中国作家协会 10 楼会议室为刘迅甫纪实诗报告《农民工之歌》举行专题座谈会，与会专家、学者对其给予了高度评价。黄淮学院教授陈文云说："迅甫出身农民，是农民的儿子，有当过农民工的切肤经历。《农民工之歌》里每一个人物的精心塑造，每一个场景的生动勾画都有他自身的影子。正是基于这点，他才能写出这样震撼人心、感人肺腑的鸿篇大作。他不消极、不气馁、积极进取、拼搏向上的精神，正是新一代农民工的典范。一个平民诗人，在人民大会堂举办诗歌朗诵会，歌唱礼赞'草根一族'，这是五千年来头一回，我不得不佩服迅甫惊人的胆识与气魄，我们这个时代需要这样的人。"

是读书，是求知，让刘迅甫改变了命运。

蜗牛·蝴蝶·雄鹰

——洪战辉读书奋斗故事

1982年，洪战辉出生在西华县东夏镇洪庄村，2005年洪战辉当选为感动中国十大人物，他带妹求学、自立自强的精神奏响了时代的最强音。

洪战辉现在湖南怀化工作。他平时衣着朴素，神情谦恭，一如当年，但言谈举止中，多了一份荣辱不惊的沉稳和老练。如今的洪战辉是湖南怀化学院团委副书记，还是学院大学生创业园负责人，几乎每周都被邀请做报告，时时能收到如潮掌声和崇拜目光。在这样一个信息纷杂、偶像速生的时代，洪战辉用坚持和努力，一直未曾走出人们的视线。

说起洪战辉，就不得不说2005年，这一年堪称他人生的分水岭：在此之前，他像一个勇士，用稚嫩的肩膀扛起一个苦难的家；2005年，突如其来的荣誉，让他迎来人生中第一个高光时刻，也给他带来前所未有的人生经历，以及深深的思索。在此之后，则是角色转变，他成了励志典型、道德符号，却更加一步一个脚印地完成人生蜕变，在更高层次绽放生命的光芒。

人生啊，总是充满变数，但是如果没有重重艰苦磨炼作为铺垫，又怎会迎来剑气如虹的巅峰人生？

艰难困苦，蜗牛负重前行

背负着整个家园前行
肩头的重担注定会耽误我的行程
扛着家园却拥有无家的感觉
让我心痛
也许逃避、放弃可以使我跑得飞快
但责任又让我宁愿忍受苦痛
扛也是苦
放也是痛

苦痛中脚步不停

记不清

多少次

风雨中渴盼看见彩虹

泥泞中渴盼着

想念着温暖的家庭

……

这是洪战辉在西华上高中时写的一首诗——《蜗牛》，诗中饱含生活的辛酸与无奈。那时候的洪战辉面临的最大问题是：没钱，要上学，还要养家。

1994 年 8 月，正上小学五年级的洪战辉突遭家庭变故：父亲突发间歇性精神病，蹒跚学步的妹妹也夭折了。同年的腊月二十三，父亲捡回家一个 4 个月大的弃婴，洪战辉给她起名叫“小不点”。这个捡来的妹妹给他们家带来了难得的温馨，但家里的平静并没有维持太久。第二年，无法忍受犯病丈夫毒打的母亲离家出走，13 岁的洪战辉开始独自扛起一个支离破碎的家。他一边上学，一边照顾弟弟和年仅 1 岁的妹妹，还要回家干农活并照顾犯病的父亲。学校离家有两三公里，洪战辉每天奔走于家与学校之间。去学校前，他就把妹妹交给大娘照看；放学后，他不仅要准备全家人的饭，还要抱着妹妹向附近的产妇们讨奶吃。磨难没有打倒洪战辉，他尽力克服一切艰难。

想一想许多初中生的生活情况吧，他们上学尚需父母接送，心理断奶期还没结束，而同龄的洪战辉已经开始扛起一个家庭的重担！

1997 年夏，洪战辉考上了河南省重点高中——西华一高，成为东夏镇中学考上这所学校的 3 个人之一。但这一喜讯让这个家庭感到很沉重，为了上学，洪战辉开始了挣钱养家和负担自己学费的艰难道路。

他到工地上打工，挣来高中第一笔学费 700 多元；在学校里捡过废品，卖过圆珠笔芯、鞋垫、袜子等；一遇假期就跑到郑州批发书籍和英语磁带，回来卖个差价；到餐馆打工，洗盘子一个月能挣 30 元钱……

生活上极为节俭，他的头发都是自己理，因为剪不好，干脆理个光头，带动学校刮起“光头风”，惹得校长大为恼火；一天只吃早晚两餐，早餐是免费的（打工餐厅提供），晚餐是稀饭，唯一“奢侈”的是每年“小不点”过生日时煮一个鸡蛋，他心满意足地看着妹妹吃下……

贫困如山，压得他喘不过气来。1998 年，父亲精神病再发，洪战辉再也无力、无钱读下去，含泪退学，柔弱的肩扛起风雨飘摇的家。但他依然相信“知识改变命运”。待家中情况稍微稳定，洪战辉于 2000 年又回到了高中校园，从高一重新读起。

顶住学业和贫困的双重压力，2003 年，洪战辉考入了湖南怀化学院经济管理系，妹妹也跟着他来到了这里。上大学的花费更高，但洪战辉总能捣弄出一些畅销的东西来卖——手机卡、学习机，还有各种化妆品。他成为多个商家的金牌营销员，做一个月就能达到其他销售员一年的销量，这也使他很快成为品牌的代理商。他甚至建立起自己的营销队伍，人员多达上百名，遍布全校乃至外校。然而细心的舍友发现，那个风风火火、貌似很能挣钱的“洪老板”，好像是个彻头彻尾的素食主义者——没见他吃过一个肉菜呢！

从初中到大学，贫穷如影随形，但始终压不倒洪战辉的斗志，他像蜗牛背负着家园，看不到太远的路，却一直沉重地走下去。回忆起青少年时期的奋斗经历，洪战辉全无怨言：“这是我人生中最珍贵的一笔财富，其实，贫穷不是什么大不了的事，通过奋斗改变贫穷才是最重要的！人生最大的痛苦不是承担了什么，而是放弃了什么。比如说我的妹妹洪趁趁（“小不点”），我带了她将近 20 年，看着她牙牙学语、长大成人，心里特别满足，并不觉得生活难过。反倒是她的生父生母，或许要一辈子笼罩在抛弃女儿的痛苦回忆中吧。”

这正应了那句至理名言——天将降大任于是人也，必先苦其心志，劳其筋骨，饿其体肤，空乏其身，行拂乱其所为，所以动心忍性，曾益其所不能。

艰难岁月里，走出顶天立地的男子汉！

摆脱成名之困，蝴蝶飞呀

2005 年，正读大二的洪战辉不经意间成了名人，成为一个让他也意想不到的“明星”——他当选为 2005 年度感动中国十大人物之一！

那一年，洪战辉自己打工挣学费并向家里寄钱的事被校领导知道了，学校为他组织了捐款，却被他谢绝了，他说：“贫穷不是赚取别人同情的资本，重要的是要自己奋斗。”

湖南媒体发现了这个自立自强的典型，予以报道，随后，《周口晚报》《郑州晚报》等家乡媒体跟进，全国各级媒体纷至沓来，深度挖掘他的事迹，浓墨重彩地报道；《中国男孩洪战辉》整理出书；央视《新闻联播》头条报道他带妹求学事迹，《焦点访谈》进行专题报道；网上铺天盖地挂着关于他的帖子；全国掀起学习洪战辉的热潮……天下谁人不识君！

荣誉在那一年的春节达到顶峰：“2005 年度感动中国人物”评选，他成为最年轻的获得者。

正是春风得意的时刻，洪战辉，这个质朴得像家乡黄土地一样的年轻人，却陷入了深深的困惑：我有那么出色吗？受得了那么多的荣誉吗？以后的路该怎样走？

一些旁逸斜出的事情让他不知所措：有人找到洪战辉，以他的名义成立爱心助学基金会，他答应了。借着洪战辉的名义，这个基金会筹集了一笔钱，资助了一些贫困学生。但后来运行中出了问题，钱险些被别人转走。为了讨账，洪战辉甚至不得不打起官司，这让他疲于奔命，焦头烂额。

他应邀做一个报告，主办方临时起意，拿来一摞《中国男孩洪战辉》，要他签名售书。面对孩子们渴盼的面容，他不好违拗，照办了。第二天竟有媒体报道，洪战辉搭做报告便车搞商业销售谋利。

有段时间，他下乡调研，并帮助农村做新农村规划、捐建学生食堂。他觉得自己有能力也有义务做点力所能及的好事，可是个别人却认为“洪战辉出名了，有钱了”，找他借钱，不借就夹枪带棒地发牢骚，让洪战辉很尴尬——我自己还是穷学生呢！

还有人说他用名声捞政绩，有野心，想当官。

…………

一系列烦心事，或大或小，让洪战辉慌乱、迷失。“我以前只是穷，但我不怕；突然成名却让我感受到巨大压力，无力招架，茫然无措。”洪战辉坦言，那时思想钻进了牛角尖，追求完美的他一度想到了自杀。“雷锋为什么那么受人爱戴？是不是因为他在荣誉的最高峰去世了呢？我还年轻，以后的路还很长，若是犯了错误怎么办呀？我这时候死，或许能维持完美的形象吧？”

他的苦恼被敏感的妹妹发现了，她忧心忡忡地在日记里写下一段话：我希望哥哥辞去“名人”这个“官”，我们像以前一样生活，虽然很穷，但每一天都很开心。

洪战辉是个困难压不倒的汉子，经过多次深深的思索，他豁然开朗：我以前是爸爸的儿子，妹妹的哥哥，是一家人的主心骨，必须奋斗才有活路，现在不过是多了个社会角色，这世界很公平，你得到了荣誉，就要为之付出努力，逃避是不行的。只有做最好的自己，才能不辱形象，不辱使命。今后的日子该怎么过就怎么过，我还是原来的我！

“成名后的那段经历对我来说是另一种磨炼，以前的我单枪匹马挑战生活，勇气是有，但眼界不高。成名后，我被迫参加了许多访谈和演讲，这些经历让我备受煎熬，却放大了我的格局，提高了素质，让我站在更高的高度来看待生活，认识到自己可以做更多有益的事情，更使自身价值得到实现和升华。”洪战辉彻底想通了。

如果说以前他是负重的蜗牛，现在的他用什么来比喻呢？或许是一只翩跹起舞的蝴蝶吧，破蛹而出，眼界开阔，思想轻盈，像当年的小虎队唱的那样：蝴蝶飞呀，飞向未来的城堡，打开梦想的天窗，让那成长更快更美好。

他的脸上又挂满了开朗自信的笑容，坦然接纳了“名人”这个角色，对那些空穴来风的谣言和捕风捉影的报道，也能以一种淡然的心态面对了。

2006年，洪战辉到内蒙古做励志演讲，演讲结束后，他和女朋友到草原上玩了一天，晚上和十几名游客一起住在一个大蒙古包内。有媒体绘声绘色地报道：《洪战辉情定大草原，在内蒙古金顶大帐中订婚》。洪战辉对此哭笑不得：记者先生，你写得煞有其事，但是，采访我了吗？我正在上学呢，哪能订婚？还金顶大帐！草原没地方睡，十多人挤在一个大帐篷下睡觉好不好！

2008年，汶川地震中出现个“范跑跑”，因在地震中先于学生跑出教室而“名声大噪”，这样一个人居然全国巡回讲道德，一路讲到了长沙。活动主办方别出心裁地邀请道德模范洪战辉与之对话，洪战辉思考良久，觉得实在没意思，又加上自己当时有课，就没有参加。第二天出现了一个值得玩味的消息：应邀来长沙谈道德 范跑跑被洪战辉放了回鸽子。网上还有更猛的帖子——《洪跑跑不敢面对范跑跑》。唉！那些标题党啊！

2009年，洪战辉为写一篇关于土地流转的论文，到怀化市宁乡县两个乡镇实地考察，力求得到第一手的资料。但是这样一个纯学术行为，登在媒体上就成了《洪战辉，现在请叫他洪书记》，撰稿者在没见到洪战辉本人的情况下，猜测他当上了某乡镇党委副书记，并言之凿凿地写下“有大事他才来，开完会又自己开车回长沙”。这个报道着实让洪战辉一头雾水，也确实造成了相当大的负面影响。

这样的事情还有一些。我们历来有“消费”名人的传统，对他们过分解读，或许并非出于恶意，但在不经意间，是否会对名人造成不利影响呢？对于自我要求很高的洪战辉来说，不实报道出现后，他很难受，但不争辩，最多向宣传部门说明一下情况。说到底，他就是个朴素的人，专心致志做自己认为重要的事情，哪有时间去面对光怪陆离的外部世界？

建立创业基地，雄鹰要飞更高

成名后，洪战辉在忙什么？

钱还是要挣的，毕竟荣誉不能当饭吃，一家人的生活还要靠他。当然，“名人”挣钱还是要容易一点的。

社会公益必须要做。他几乎每周都应邀去做报告，没有收益甚至要倒贴钱，但他无怨无悔，只是把车票、机票当作纪念品留下来；《中国男孩洪战辉》一书出版，出版社以捐赠形式给他了 20 万元，他全部捐了出去；在一家企业的资助下，他成立“红心基金会”，资助了 600 多名贫困学生。

从怀化学院毕业后，他通过自己的努力，考上了全国 985 院校——中南大学本科班，之后又读了 3 年研究生，专业是企业管理，在他的心中，一直怀有一个创业梦。

2011 年，洪战辉硕士研究生毕业，名人光环，师出名门，他的就业前景一片光明。长沙一家民营企业找到他，让他担任公司高管，给他 10% 的股份和一套房子，年薪 20 万元；上市公司特变电工、中信集团找到他，都给出了令人心动的薪水和职位；河南一家出版社领导亲自出面，到长沙与他商谈，真诚邀请他回家乡工作，也着实让他心动……但是当母校怀化学院向他发出邀请时，他拒绝了所有诱惑，心甘情愿地回到母校。“滴水之恩，涌泉相报。是怀化学院成就了我，虽然她不太出名，条件也不够好，但我无法拒绝。”

2011 年，洪战辉回到怀化学院，成为校团支部的一名干事。他的人生履历就此翻开新的一页。

他拼搏向上的故事吸引了大学生们，他也因平易近人的性格拉近了和他们的距离。每天都有很多学生到他的办公室谈心，一谈就是一两个小时，4 年间，他办公桌前的椅子坐坏了好几把。洪战辉成了怀化学院最大的"心灵导师"，许多外校的学生也找他接受"话疗"。

他依旧有许多报告要做，不过内容在以前的单纯励志故事的基础上，又增加了创业指导。他不仅有深厚的创业理论，更有丰富的社会实践。在中南大学读本科时他就获得湖南省创业大赛金奖，并因此获得保送研究生资格。到怀化学院工作后，他指导成立了洪战辉素质拓展训练营，由该训练营为蓝本的创业计划又获得怀化市创业大赛金奖，奖金 100 万元，成为怀化学院独树一帜的项目，有望在全国得到推广。

为了从精神上和经济上帮扶贫困学生，他多次邀请共和国四大演讲家之一的彭清一教授以及国内知名演讲家和培训导师，到学校演讲，并以此为契机联络企业家成立了 3 个奖助学金，分别是大爱奖助学金、安普瑞奖助学金、亿棵树奖助学金。每学期能募集奖助学金 30 余万元。

为了解决大学生就业、创业问题，洪战辉在怀化学院实现了一个创举——建立大学生创业园，经过不断发展，其面积达到 2000 多平方米，开设企商班和营销班两个特色专业。他经常邀请知名企业家和业务主管前来授课，实战性极强，极大地锻炼了学生。2014 年，在洪战辉主导下，大学生创业园升格为怀化学院"三创学院"，即创新、创造、创业。三创学院扶持了 20 多个项目，湘西缘集团、树仁集团这两个在湖南响当当的企业，就是从怀化学院大学生创业园起步的。

"我们未来的愿望是把三创学院建成企业家的摇篮，让每一个走出去的学员都以校为荣。"洪战辉胸怀壮志。这时的他，如鹰翔九天，艰苦奋斗的经历和不断放大的人生格局恰如两翼，让他振翅而飞，看到更为广阔的世界和无限可能。

洪战辉同时收获了甜蜜的爱情。2008 年，本科毕业后，他和相恋多年的女友默默地领取了结婚证，两年前“金顶大帐中订婚”的传闻不攻自破。妻子宋娜杰是他的高中同学，一直在默默地关注着他，上高中时偷偷给他送鸡蛋、洗衣服，上大学时两人鸿书不断，相互鼓励。大学毕业后，宋娜杰毅然放弃家乡收入稳定而丰厚的工作，来到怀化，来到洪战辉身边，和他并肩作战，现在他们已有了爱情的结晶。洪战辉的心中充满了对妻子的愧疚：到目前为止，他还欠这个患难与共的爱人一个每个女孩都向往的婚礼。

妹妹“小不点”已长大成人，现在在湖南一所大学读书，她的愿望是毕业后从事幼教事业，“像哥哥关爱我一样，让每一个孩子的童年都充满欢乐”。

父亲的精神疾病经过多年治疗有所好转，情绪趋于稳定。

春节，洪战辉携妻儿回家探亲，一家三代欢聚一堂，幸福满屋。

幸福总是眷顾胸怀梦想、拼搏奋进的人，洪战辉不正是这样靠勤奋读书实现完美人生的吗？

『苗木大王』科学种树

——凌国钧种植之路

凌国钧种植苗木是出了名的，目前发展用材林、经济林、彩叶、行道绿化林和果树种植16000多亩，组建的西华县惠群苗木果品专业合作社已发展到了1300多名社员，在全省同行中可谓是大名鼎鼎。

凌国钧是西华县红花镇人。西华县红花镇有种植苗木的传统，至今已延续30多年，被誉为“中原苗木之乡”。每年春季，来自湖北、湖南、安徽、河北、江西等十多个省的客商纷至沓来，红花镇苗木交易市场车水马龙，人头攒动，一派繁荣景象。据了解，全镇每年苗木成交量达3亿株以上，成为闻名省内外的苗木生产地和交易集散地。许多农民因发展苗木产业，走上了致富之路。

凌国钧是镇上靠种植苗木较早富起来的农民之一。早年，他依靠科技，引进优良树种，改变红花镇苗木种植结构，将苗木产业做大做强；近年来，他成立苗木专业合作社，带领乡邻共同致富。

农技能手有用武之地

凌国钧1980年高中毕业后去西华农校学习园艺栽培、果树管理专业。“从农校毕业以后，我干劲很大，想要干一番事业。”凌国钧说。

据凌国钧讲，他从农校毕业时，发现当地种植苗木种类较少，多为杨树和桐树，树种单一、易发生病虫害、经济效益低。这些缺点，直接影响到农民的收入。凌国钧暗下决心，要依靠自己所学的科技知识，来振兴当地的林果产业。

为了考察优良树种，他北上郑州，南下武汉，四处寻访。然而在当时，人们思想过于保守，别人并不乐意把优良树种向外推广，虽然好话说尽，花光盘缠，凌国钧仍是一无所获。“别说是想引进别人家的树种，到了果园门口，人家连门都不让进，有时候还要带着土特产去求人家。”凌国钧说。

1987年，凌国钧听说上海有一种优质的桃树品种对外销售，机不可失，他立即带着结婚时妻子压箱底的 800 元钱，从上海引进了名为“沪 005”的新品种桃树。

回家后，凌国钧尽心栽培，第二年桃树就结出了果实。令人欣喜的是，当年 5 月下旬，凌国钧的“沪 005”桃树上的桃子相继成熟，果实又大又红，长势喜人。

“在当时，能在麦收前吃到新鲜的桃子，对大家来说是一件令人想不到的事。”凌国钧说。因此，他一时间成为当地的名人，四面八方的人跑到他的果园里看稀罕，小小的果园一时间热闹起来。

与本地的歪嘴子桃、红肉桃相比，“沪 005”桃子不仅卖相好，还个头大、绒毛少、口感更好，颇受消费者欢迎，当年凌国钧果园的收入就达到了 4000 元。先进的科学技术，为凌国钧带来了第一桶金。

种树种出大名堂

尝到甜头后，凌国钧更坚定了科技能带来更高经济效益的观点。1989 年，凌国钧通过读书学习，查阅相关资料，发现如果把油桃栽种在大棚内，可以使果品成熟期提前 20 天至 40 天，成熟上市日期可以提前到 5 月 1 日。这个时候正是水果市场的空缺季节，每斤油桃的售价在 10 元至 30 元之间，带来的经济效益是露天栽培的几十倍。

凌国钧通过市场考察，在中国农科院郑州果树研究所的帮助下，建立了两个大棚，把自己之前的想法付诸实践。由于之前的反复论证，加上科研单位提供的技术支持，凌国钧这一次又获得了成功，第二年，他的两个大棚，为他带来了 5 万多元的收益。

从 1990 年开始，凌国钧依托中国农业科学院、中国林业科学研究院、省农科院等单位，逐步建立了占地 500 多亩的科研基地，为科研单位提供了大量的第一手实验资料和数据，他本人也因此获得了非常可观的收入。

为了进一步拓展市场，凌国钧在2001年就装上了电脑，并开设网站，利用互联网了解信息，把握市场动态。通过网络，凌国钧与中国林科院经济林研究开发中心、中国农业科学院郑州果树研究所、河南农业大学、山东省果树研究所等十多家科研单位、高等院校取得联系，以获取当时最先进的栽培技术和市场动态。

获得信息后，凌国钧大胆尝试，不惜代价将名优树种引进试验，并建立了繁育生产基地和资源库。他先后引进了以千年红、双喜红、曙光为代表的甜油桃系列；以双丰、川中岛、丰白、中华寿桃为代表的水蜜桃系列；以早美李、紫琥珀、红宝石为代表的李子系列和杏、石榴、柿子等果苗，并且引进了红果冬青、美国红栌、合欢、速生楸树等行道树。

至此，凌国钧从一个普通果农华丽转身，蜕变成为当地的种植大户。

致富不忘反哺乡邻

富起来的凌国钧不忘乡邻，在乡里当起了义务技术员，通过举办讲座，发送传单的形式，为当地群众传授果树苗木种植技术。

在与乡邻分享成功诀窍的同时，凌国钧也热衷于帮助乡亲们摆脱贫困。多年来，受到他扶持的农户超过200户。许多受他帮助的农户，走上了致富路。

西华县红花镇村民凌玉林是当地的困难户，其母亲患病长年卧床不起，每天吃药要花费几十元。为了给母亲治病，凌玉林借遍了亲友，最困难时，连儿女的学费都成了难题。为了帮助凌玉林脱贫，凌国钧免费帮助凌玉林建了一个4亩地的油桃园，平日里还帮忙打理。2001年，凌玉林育苗收入达到1万元，水果收入达到8000元，从此脱贫。

红花镇寺后刘行政村的杨迎昌热爱种植果树，凌国钧帮助他改建了两座油桃大棚，并亲自上手，帮助修剪、施肥、调温、防病，传授技术要领。在凌国钧的帮助下，杨迎昌如今已是当地远近闻名的富裕户。

无心插柳柳成荫

凌国钧的一片善心，也为他带来了丰厚回报。有一次，来自湖南的农户孙会胜在媒体上看到一篇名为《燃科技之光 照致富之路》的新闻稿件，稿件介绍了凌国钧如何通过引进、培育优良树种取得良好的经济效益。于是他慕名而来，取经求教。

得知孙会胜家中贫穷，凌国钧免费招待孙会胜吃住，精心传授技术。孙会胜回湖南时，凌国钧又送了他路费和6亩地的种苗。孙会胜走后，凌国钧又数次前往湖南上门指导，帮助孙会胜取得丰收。

孙会胜在凌国钧的帮助下，摆脱贫困，成了当地的富裕户。孙会胜为了感谢凌国钧对他的帮助，来到河南向凌国钧赠送写有“科技结友谊，友谊结硕果”的牌匾，一时间成为两地佳话。这一事迹被当地媒体发掘，一家省级行业报发表文章《中原佳果　湘江飘香》，介绍了这件事情的来龙去脉。

原本无心插柳的一个善举，却带来了一系列的连锁反应。孙会胜的果园种植成功后，当地农民纷纷前去取经，得知孙会胜的果苗是从凌国钧的果园引进的，他还学习到了先进的技术，很多人千里迢迢赶赴红花镇找凌国钧购买果苗，学习技术经验。这也为凌国钧日后在外省开辟市场拓开一条道路。

“我的树苗在湖南至少卖出去了60万株，当初帮孙会胜的时候真没想到会有这么大的回报。”凌国钧说。

良好的口碑，无疑是一笔巨大的财富。凌国钧凭借着良好的口碑，通过熟人之间口口相传，随后的几年时间里，他种植的苗木被销往湖北、安徽、河北、新疆等十余个省区。如今与这些地方相比，凌国钧的苗木在湖南的销量并不算靠前，仅是今年，在西北市场上，就销售了60多万株。

凌国钧的果树苗木产业迅速发展，同时也带动着红花镇上的同行们共同前进。目前果树苗木产业，已经成为红花镇的支柱产业。

为了取得更长远的发展，2008 年，凌国钧牵头成立西华县惠群苗木专业合作社，他本人担任合作社理事长。“现在我们合作社每年至少组织 30 人参加全国的苗木交易会、博览会。”凌国钧说。

目前西华县惠群苗木专业合作社社员已从起初的 5 人发展到了 1300 多人。凌国钧说：“现在我们合作社的成员每人的种植面积至少有 50 亩，平均每亩地每年的收益在 3000 块钱左右。”

“树王”的另一个身份

作为带领一方乡邻致富的领头人，凌国钧同时也获得了应有的荣誉。凌国钧被选为河南省第十届、第十一届、第十二届、第十三届人大代表，周口市第一届人大代表，西华县第十一届、十三届、十四届人大代表，西华县人大常委会委员。2004 年，凌国钧被河南省人民政府授予“河南省劳动模范”称号；2005 年，凌国钧被国务院授予“全国劳动模范”称号。

“我是一个果树、苗木种植户，果园管理、苗木生产是我的老本行，我轻车熟路。当上人大代表后，就不一样了，我感到担子很重，压力很大。”凌国钧说。

凌国钧说，荣誉的背后，他还肩负着作为一名人大代表的神圣职责。“在每次人大会议期间，我十分珍惜自己手中的权利，认真行使审议权、选举权、提案建议权等，真正做到发一次言、举一次手、投一张票、提一个建议都能代表选民的利益和意志。”凌国钧说。

多年来，凌国钧在省、市、县三级人大会议中，提出的议案、建议、批评和意见有 100 多个。在河南省第十一届人大二次会议上，凌国钧提出“关于加大农村公路建设支持力度”的建议被省委、省政府列为十大实事之一。

翰墨情浓书胸臆

——刘登龙创作之路

“最近我读了登龙即将出版的部分作品，有精劲老到、字数逾万的小楷册页，有典雅凝重、雍容高朗的魏、隶条屏，有风致韶秀、屐裾顾盼的晋韵行书，也有流水行云、潇洒雅健的巨幅行草，不独功力惊人，抑且气格别具。”原中国书法家协会主席张海这样评价刘登龙先生的作品。

刘登龙，1946年出生，西华县奉母镇人，中国书法家协会会员，河南省文联第二、三、四、五届委员，河南省书协第二、三、四、五届常务理事，河南省书画院原特聘书法家，周口市书法家协会终身名誉主席，周口市政协书画院荣誉院长。现任河南省楹联学会常务理事、河南省楹联书法艺术委员会副主任。近年来，所创“二非”（非魏非隶）体，风格独具。曾编著《大字入门》丛书一套和撰写《怎样写草书》函授教材及发表书法论文等。出版《刘登龙书法作品集》《登龙墨迹·千家诗》《刘登龙楷书千字文》《刘登龙师生展作品集》《书韵·刘登龙书笠翁对韵、声律启蒙》等印品。有作品被中南海和毛主席纪念堂及各地碑林、纪念馆、博物馆选刻并珍藏。

自幼喜书字端正

“我从小就喜爱写字，具体从什么时间开始喜欢就记不清了。”这是刘登龙先生一句真诚的话。

“那时家境不宽裕，能够上学是难得的。所以从小上学我就很用功。尤其喜爱写字。”刘登龙先生说，“上小学时，在米字格中写毛笔字是必修课，老师批改作业的方式也很特别。老师会用毛笔蘸红墨水把写得端正的字给圈起来，一张纸上，谁的红圈多谁的字就写得好，红圈多的作业会被老师撕下来贴在班里的‘学习园地’中，让同学学习。一学期下来，我的作业本差不多被撕光了。”回忆起小时候上学的美好时光，刘登龙先生两眼眯成了一条缝。

1962 年，刘登龙初中毕业回村务农，接受农村再教育。3 年农村劳作之余，他练笔不辍，无论多累，每天都会抽出一定时间习字画画，而《芥子园画谱》是他的“老师”。

青少年时期的刘登龙因写得一手端正的毛笔字而闻名远近村庄，他的字也因此“走”进了乡邻的家。“当时，父老乡亲都知道我会写字，而且写得还行，所以每逢过年，左邻右舍都拿红纸来找我写春联。”刘登龙先生说，“那年代家家户户都是写春联。后来时间长了，这也成为我的习惯了，而且乐此不疲。后来每到临近过年，我就早早备好墨水，整天在家给大家写春联。”

青年苦练墙作纸

1965 年，刘登龙担任了小学民办老师，在本村小学任教。其间，他十分珍惜这个职业，他的刻苦努力为日后的书法之路打下了良好的基础。刘登龙认为，为人师表，必须以身作则。为了给学生做好示范，他必须得写好字，所以就督促自己勤学苦练，当时颜真卿的《多宝塔碑》就是他的“老师”。

“1966 年到 1970 年这 4 年间，全国一片‘红海洋’，家家户户都要辟一块墙写标语、语录。于是我就掂着油漆桶，在外面写标语、写毛主席语录，对我来说也是一次难得的练笔经历。”刘登龙先生说，在墙上写字，一是悬腕，二是油漆黏稠，写起字来很费劲，一天下来，胳膊酸疼不说，整个人都有点僵硬。但这种以墙当纸超强度的练笔，为他以后的书法打下了坚实的基础。

1974 年，西华县革命斗争史陈列馆开始筹办，刘登龙被派去协助工作。这期间大量的毛笔板面书写，进一步夯实了他的书写功底。

1979 年年底，改革开放的春潮席卷中国大地。这年，刘登龙先生也沐浴到了改革的春风，迎来了人生一个机遇，被派到逍遥镇文化馆负责文化宣传。从此，他的书法走向正规，他开始系统地临摹诸位名家的字帖。

不惑之年终成名

进入逍遥镇文化馆工作后，他第一次知道了毛笔字爱好者还有一个家——书法家协会。为了进一步提高自己，探求书法之道，刘登龙开始尝试与省书协联系，以求得到大家指教。

1982 年，刘登龙见到了时任河南省书协副秘书长的张海先生。“当时，我一个来自基层的农民书法爱好者揣着自己各种字体的作品，很冒昧地扣响张海先生办公室的门也是需要勇气的。张海先生毕竟是大家，他客气地接待了我，认真地看了我写的字，并给予了肯定和真诚指点，使我受到了鼓励和启发。”刘登龙说，“从那以后，我心中有了方向，也更有信心了。后来，与省书协领导的接触也就多了起来，他们的帮助和指点让我受益良多。”

1984 年对刘登龙来说是终生难忘的一年，这一年，他的人生发生了重大转折。

那年，河南省书协举办中原书法大赛，这在全国书坛是创举，在此之前，全国没有举办过类似活动。刘登龙积极报名参赛，并有幸借调到省书协帮助筹办此次大赛的有关事项。

筹办书展是项细致、系统、烦琐的工作，工作量之大可想而知。张海先生点名借调刘登龙到省书协帮助工作。刘登龙负责制作完成中国书法史的展板。50 多块展板由其一人负责设计制作，里面的文字全靠毛笔书写。结合不同年代、不同时期名家风格，刘登龙用楷、行、草、魏、隶等形式出色地完成了任务。展板亮相后，他引起了业内专家的注意。专家们纷纷询问“刘登龙”是何许人，得知书写者是一个基层青年农民时，大家惊叹之余纷纷竖起大拇指说：“这个年轻人以后必成大器。”

1984年春节后，首届中原书法大赛圆满落幕，时年38岁的刘登龙以一副对联获得二等奖。“全国性的赛事，大家云集，参赛者众多，我一个没有老师的农民，一个没有接受过正规学习的农村青年，获得了二等奖，这简直是不可想象的。”虽然过去30多年了，但是回想起当年的情景，刘登龙还是满脸的兴奋与喜悦。

一朝成名。接下来，刘登龙的人生发生了重大变化。1984年2月，一直是农民身份的刘登龙转为“商品粮”，成为河南省书协会员，同年3月，被组织部门任命为西华县文联副主席；1985年，行书《韦应物诗》入选国际书法展览，同年，当选周口地区书协副主席；1986年，在西华成功举办“刘登龙书法作品展”，同年，正式成为中国书协会员。

业精于勤博众长

康有为书论有言：驰思造化古今之故，寓情深郁豪放之间。著名艺术家、哲学家熊秉明在其《书法与中国文化》一文中对此句有所阐述：“造化”指大自然，“古今”指历史。学书之人需要对自然、历史做广泛的认识，而“深郁”和“豪放”则代表着中国儒家与道家之内向和外向的精神。刘登龙先生就是这样一个人。

“高山仰止，景行行止，虽不能至，心向往之。”这是年逾古稀的书法家刘登龙先生的座右铭，更是他对书法艺术执着追求的精神写照。

刘登龙先生终年与“古”为伴，崇尚经典，融通诸家，自成一体。其小楷古雅清纯，端严俊秀；行草书宗法“二王”，得颜鲁公《祭侄文稿》《争座位帖》精髓，神厚气足；隶书取金冬心法，方圆兼济。他是一位既重传统又具创新能力的书法家代表。他多年来对传统执着坚守，甘于寂寞，不循世俗，不染时风，踏实前行。

刘登龙先生博采众长，日积月累形成了自己的书写品位和书写性格。他的书法以行书为主，兼写隶书、草书、楷书等。作品汲取了古人的营养而又别出机杼。他的行书更为书界所瞩目，他以自己的禀赋、性格和对书法的独特感悟建立了“文以载道，存古弥新”的独特书写风格，而这种独特的书写风格，则促成并终而奠定了他在书法界的独立地位。

书法离不开文学积淀，书家也少不了文学修为。纵观刘登龙先生的行书作品，字里行间都显现出浓郁的书卷气，这样的书卷气将作品里的书法技法带入了一个比较高的境界。正是因为刘登龙先生将自己的文学修养谙熟地融于技法之中，才呈现出大美的格调。他的行书、行草、隶书、楷书等书体，不论中堂、对联、斗方、横披，还是扇面、圆光、册页、长卷，均渗透着一种端庄之美和荡气回肠之气魄。书风正，显然是经过了多年传统文化的修炼得来的。仔细品读，在沉雄博大的气象中却闪耀出温润、儒雅、灵动、生机盎然的光泽，具有一种流动的韵律美，令人观后心旷神怡。

自创“二非”成一体

“在历史悠久的书法文化积淀中，想走出自己的路，很不容易。兴趣和爱好是事业成功的基因，智慧是事业成功的翅膀，奋斗是事业成功的动力，觉悟是事业成功的归宿，淡定才能使事业达到一定的高度和境界，而虚无是终极目标。”刘登龙说。

古代书法艺术大师所推崇的“随心所欲不逾矩”在刘登龙看来，是深厚功底积累后纯真的情感流淌。从古至今，每位书法家都在努力开拓一片属于自己的天地。刘登龙先生孜孜以求，数十年来不懈求索，就是为了开创属于自己的天地。他通过对书法理论的刻苦钻研，以及对其他艺术门类的广泛借鉴，自出机杼，自创“二非”体，风格独具，完成由技术型向个人风格型的转化。他的书法中透露出一种特别的气质：好似天然偶得，信手拈来，又像倚情而作，直抒胸臆，落笔坦荡，笔底遒劲有力，或可见“二王”、张旭、怀素之风，点画间，千回百转，豪情激越。有作品被中南海和毛主席纪念堂及各地碑林、纪念馆、博物馆选刻并珍藏。

刘登龙先生能够用朴素温和的情感书写豪迈的时代精神，使他的作品焕发出一种悠扬的、优雅的、生机勃勃的气息，以一种温润明净的方式直击人的心灵，成了中原书坛中喜闻乐见的一种经典。

当代书坛巨擘欧阳中石先生观看其作品时连连赞赏曰：“十步之内，必有芳草，写得好，写得好，钦佩！钦佩！”

当代著名书法家陈天然邀刘登龙先生为家乡的“饮水思源碑”书写碑文，刘登龙斟酌再三后，采用自创的“二非”体书写，巨碑竖立后，陈天然对其评价曰：“登龙书法会古通今，刚健笃实，蕴蓄雅古，神力苍茫，今不多见。”

刘登龙先生的书法具有传统文化的深厚底蕴和书法技艺的综合传承，但他从不用自己的学术观点去约束学生，而是鼓励学生要走出自己的路，要按照自己的爱好去传承、去创新，所以他的学生写出来的字风格都不一样。

让希望之花怒放

——李灵办学之路

2009 年夏天，27 岁的原淮阳县乡村女教师李灵来到郑州，推着一辆旧三轮车，为由她创建的希望小学里的学生收课外书。一天，郑州下着雨，李灵推着三轮车从一座立交桥经过，这一幕被人拍了下来，并发到了网上。照片中，李灵皱着眉头，吃力地推着一辆三轮车，三轮车前贴着一张印有“高价收购小学生读物、杂志、教辅”字样的牌子，她的衣服和头发被雨水打湿了，看起来很狼狈。

很快，李灵的事迹被媒体和网络迅速传播开来，引发强烈社会反响，越来越多的人开始关注这位 80 后乡村女教师。随后，李灵被评为“2009 年度感动中国人物”，她也被广大网友亲切地称为“最美乡村女校长”。

新校园朝气蓬勃

来到位于周口市城乡一体化示范区的李灵希望小学，看到学生们正在教师的带领下做课间操。2019 年春季开学，学校招收了近 600 个孩子。

与 2009 年相比，李灵希望小学的学生人数增加了近一倍，校园也修葺一新。如今，李灵希望小学的主教学楼是一栋崭新的 3 层楼房。这栋教学楼可以容纳 18 个班级、1000 多名学生。另外一栋教学楼，用于开展农村留守儿童的学前教育。

李灵出名后，社会各界更加关注留守儿童的教育问题，加上政府部门的大力扶持及大批爱心人士的无私帮助，李灵希望小学得以蓬勃发展。

从小就有教师梦

李灵从小就有教师梦。之所以想当教师，是因为她父亲李丙兴是一名教师。“小时候，我跟着父亲去学校，看到父亲身边围着许多学生，我很羡慕。”李灵忆起往事说。

小学一年级时，李灵的背部长了一个疮，由于伤口疼痛，行动不便，李灵的父亲将她送到学校后，她的老师李桂英便把她抱进教室。为方便照顾李灵，李桂英安排她坐在教室第一排，这让李灵觉得很幸福，别的同学也很羡慕她。“从那时候起，我就想今后要做一名像李桂英老师一样的教师。”李灵说。

职业生涯第一步

中学毕业后，李灵考入了淮阳师范学校。求学期间，一到周末，李灵就会回家，带着村里的十几个孩子一起唱歌、跳舞、画画……

“你不知道我带着那几个女孩子跳舞的时候，她们有多么兴奋，我教给她们的东西，她们以前连见都没见过。”李灵说。让她印象最为深刻的一件事是，有一次，她教女孩子们跳舞，给她们扎了辫子，化了妆。到了第二天，她看到一个孩子的脸上还带着妆，就问她：“为什么不洗脸？”结果这个孩子说：“洗了就没有了。”这件事让李灵意识到，村里的孩子是多么渴望丰富多彩的文化生活。于是，她每个周末都会从学校回家，用她学到的知识，给村里的孩子带来快乐。

创办希望小学

从淮阳师范学校毕业后，李灵选择回到家乡，因为她知道，村里的孩子在等着她。回到家乡的李灵，决心要办一所希望小学，让更多的留守儿童到她的学校里接受正规教育。

2002 年，李灵创办了一所希望小学。当时希望小学的教室是两间民房，办学的 5 万元钱，一部分是李灵向亲友借的，一部分是她从银行贷的款。

希望小学创办之初，只有两个班级，分别是学前班和一年级，一共28名学生。后来，随着越来越多的孩子到李灵创办的希望小学上学，她又租了8亩地，借钱陆续盖了7间瓦房作为教室。

李灵的父亲李丙兴回忆，自从建校起，李灵就没打算营利。在农村基础教育“两免一补”政策推行前，学校每个学生一学期只收100元学费和30元书本费。2004年，学校的收入不仅难以维持日常开支，还欠了教师半年的工资。为此，李灵曾想解散学校，把校舍租赁出去作厂房或者诊所。但正当她为难的时候，一部分教师找到李灵，说：“李校长，你办学校也不容易，工资我们不要了，不能让孩子们没学上。”

在李灵和全体教职工的努力下，2009年，李灵创办的希望小学已经拥有7个班级、300多名学生，生源来自周边的15个行政村。

孩子们需要课外书

希望小学的学生大部分是农村留守儿童，他们的父母双方或一方常年在外务工，孩子们的教育存在一定缺失。然而，仅凭学校日常使用的教材，很难满足孩子们对知识的需求。

“有一次，我去周口市区买了几本课外书，回来读给孩子们听。每个故事，孩子们都要听好几遍，我感觉到他们真的很需要一些课外书。”李灵说，“但当时，农村很少有人愿意花十几块钱，给孩子买一本课外书。”

李灵手中也没有多余的钱给孩子们买大量课外书，于是她想到利用闲暇时间，到周口市区收二手课外书。“对于二手课外书，我不在乎新旧，只要能看就行。”李灵说。但收了几年，连学校的一个书架也没收满。

外出收书遇到好心人

2009年7月，李灵决定去郑州收书。第一次到郑州收书的时候，李灵找来一辆三轮车，还花了 1 元钱到复印店印了两张写有“高价收购小学生读物、杂志、教辅”字样的牌子，贴到三轮车上。“一开始，有些人不明白我的意图，甚至有人怀疑我以 1 块钱 1 斤收来的书，回去以后能卖好几块钱。”李灵说。后来，一些郑州市民得知她是为农村留守儿童收课外书时，对她投以赞许的目光。有一次，她到郑州大学路某小区收书时，小区里的一位老太太得知她收书的目的后，从家里搬来一大摞课外书给她，老太太不仅没有收她的钱，还在小区里帮她吆喝。了解情况后，一些小区居民也免费送她课外书。

很快，来自周口的李灵骑着三轮车，到郑州为留守儿童收课外书的消息，在郑州一些小区流传开来，热心的郑州市民有人捐书，有人帮忙吆喝……李灵收书一事经当地媒体报道后，更多的人向李灵伸出了援助之手。回想起那段往事，李灵仍心存感激。在郑州的一个多月里，她收到了两三千本课外书，绝大部分是郑州市民免费赠送的。

带着好心人赠送的两三千本课外书，李灵回到了她创办的希望小学。孩子们听说李灵从郑州回来的消息后，便早早地到校门口等她。看到李灵带回满满一车课外书，孩子们围在她身边，露出了开心的笑容。李灵看到他们的笑脸，感觉很满足。

获评“感动中国人物”

李灵在农村办希望小学，去城市为留守儿童收课外书的事迹，经媒体报道后，不仅引起强烈的社会反响，更唤起了人们对农村留守儿童教育问题的关注。

2009 年 12 月，由相关媒体推荐，经过金庸、冯骥才、崔永元、贾平凹、于丹、喻国明等 35 名各界名流组成的“感动中国”推举委员会甄选，李灵被推举为“2009 年度感动中国人物”首批 30 名候选人之一。经过网络投票和“感动中国”评委会的共同评选，李灵最终获评

"2009年度感动中国人物"。

李灵当选"2009年度感动中国人物"后，她并未因此感到压力，荣誉带给她更多的是动力，她不断提醒自己要摆正心态，记住自己只是一名普普通通的乡村小学校长。

关注留守儿童学前教育

正如李灵所说，出名后，她依然只是一名普通的乡村小学校长，然而，她带领留守儿童所走的道路变得更宽广了。

2013年，在政府部门和爱心人士的帮助下，周口市城乡一体化示范区许湾乡李灵希望小学一栋3层高的教学楼建成并投入使用，与之配套的还有办公楼、宿舍楼、操场和标准化餐厅。

在学校硬件设施得以改善的同时，教学质量也变得越来越好。"去年我们学校有一批学生参加了周口市文昌中学的摸底考试，其中8人超过了分数线，1人拿到了奖学金。"李灵说。一些家长发现孩子学习成绩提高的同时，性格也变得开朗了。如今，附近村庄的家长更乐意把孩子送到李灵希望小学上学。

近几年，李灵越来越关注留守儿童的学前教育问题，她希望农村的孩子，可以享受到和城里孩子一样的学前教育。

李灵还多次到北京读书进修，用知识丰富自己的人生。

我为书狂

——邢怀章创作之路

2013年，中国书坛出现一匹黑马，一位来自河南郸城的书法家，其书法作品连续9次入展国家级书法大展并获奖，其笔锋之健，令人震撼。他当选中国书法家协会会员，被评为“全国百名最具升值潜力书法家”之一……一时间，一个名叫邢怀章的年轻人引起人们的广泛关注。

说起自己的成功，这个温文尔雅、仪表堂堂的年轻人显得淡然从容：“写了那么多年字，也走了不少弯路，些许成绩，是对我痴迷书道的回报吧。”

墨香压过百草香

邢怀章祖籍郸城县钱店乡，祖上五世行医，广施仁术，声名远播，是村里的望族。幼时，邢怀章最喜欢的事就是看爷爷给病人开药方，上过私塾的爷爷写得一手蝇头小楷，尺素之间，刚柔相济，严婉并兼，在邢怀章幼小的心灵留下朦胧却又不可磨灭的美感。

“爷爷，我要跟你学写字。”上小学的邢怀章掂起了毛笔。后来，学校开设书法课，发描红习字本，老师对写得好的字画圈，以示鼓励，邢怀章的习字本总是获得“圈奖”最多的，这让他很有成就感，习字的劲头更大了。

每年春节，村民都要请邢怀章的爷爷写春联。他小学四年级那年，面对求字的村民，爷爷笑呵呵地说：“让我孙子写吧，有点火候了。”在父辈惊奇的目光中，邢怀章一笔一画地写了一上午，还真是那么回事，村民无不啧啧称赞，他俨然成了“书法神童”。

“我要成为书法家！”邢怀章向家人宣布。这个决定却遭到亲人的一致反对。书法家，这是个正当职业吗？写字不过是个爱好，陶冶情操，能养家糊口吗？还是好好上学，考上医学院，继承家学，这才是风光体面的职业！

邢怀章被当头泼了一盆凉水，家人甚至认为他练字已经“走火入魔”

了，哪有一写就是几个小时的，多耽误功课！他的纸笔不知被父母收走了多少回，没办法，邢怀章就偷着练。周末家人出诊或者下地，他就拿出纸墨练字，听到外面有脚步声，赶紧收起，装作写作业的样子。可是，父母鼻子一闻就知道儿子刚才在搞什么了，不免又是一顿训斥。

那是一股百草香味也压不住的墨香啊！

弃医逐梦向书道

1996 年，邢怀章 19 岁，按照家人的规划，他考入河南医科大学，学习中西医结合专业。

邢怀章怀着欢欣雀跃的心情来到了郑州，他的欢欣不仅是因为考上了大学，还有另外一个重要原因——他要和全国闻名的硬笔书法家庞中华先生见面了。

上高中时，邢怀章就和庞中华先生进行了多次书信交流。庞中华对他的作品非常赞赏，鼓励他坚持书法学习和创作，并邀请他到庞中华硬笔书法函授中心（设在郑州）做客。

大学期间，邢怀章成了庞中华工作室的常客。庞中华以自身的经历鼓励他：写字是一个大有前途的职业，当年自己是学地质的，毕业参加工作后到全国各地勘矿，最终却在书法艺术上凿出一条康庄大道。

庞中华的教诲让邢怀章怦然动心，一个最直接的后果是，2000 年他大学毕业后，没有从医，却在庞中华的引荐下，到焦作市一家化工学校当起了书法教员，并教出一群横扫焦作市青少年书法奖的学生。但是，邢怀章的选择让父母大失所望，再加上他的弟弟也未能继承家学（而是到少林塔沟武校学习，最终成为国内赫赫有名的自由搏击师、教练），杏林世家眼看就要断了传承。

在书法艺术的道路上，邢怀章走得相当不易。焦作地处偏僻，无名师指点，做了两年教员后，他感觉自己在艺术创作上遇到了瓶颈，却无法突破，这让他备感苦闷。而书法教员这个收入菲薄的职业也不足以让他衣食无忧，再加上家里父母那一声声呼唤，都让他反复思量：走书法这条路，对吗？他决定将理想蛰伏，跟现实妥协，向学校辞职，回家行医。

父母对“不务正业”的长子的回归极为欣喜，把家里的诊所交给了他打理。2002 年，邢怀章开始了悬壶济世的生涯，大学时期学的医学还没落下，治疗寻常疾病不在话下，邢家诊所红红火火，日子就这么波澜不惊地过了 6 年。

可是邢怀章的书法梦一直未消散，每天中午诊所人少的时候，他都要写两个小时的字。晚上写到 12 点，清晨 5 点就起来临帖，他过着苦行僧般的生活。

2009 年春天，经过长时间的思索，邢怀章做出一个令家人、村民都瞠目结舌的决定：不当医生了，外出游历，专业写字，以艺养艺。

“这孩子怕是练字练废了，舍本逐末。”

“你该不是脑子进水了吧，30 多岁了还玩转行？”

“全中国写字的人多了，能挣钱的没几个，你凭啥觉得自己行？”

…………

亲朋、村民的冷嘲热讽，直接或间接地向他袭来。但是，他去意已决。

只有偏执狂才能成功！曾经的世界首富洛克菲勒这样说。细数那些成功人士，每个人身上似乎都有一种执拗狂癫，他们的人生无论有多少不如意，即便行差踏错，也能自动调整目标，七拐八绕地走上成功之道。

如果没有那份偏执，或许他还是郸城县钱店乡一名中规中矩的医生，而中国书坛上却要少了一位锋出八面、特立独行的求道者。

但，30 多岁改弦更张，踏入一个成功概率极小的行业，是一个多么令人不安的选择啊！

锋芒初露金陵客

烟花三月下江南。2009 年，邢怀章来到六朝古都南京，开始游历求道之旅。

江南，烟雨朦胧，杂花生树，风物润雅，人文鼎盛。在这里，他想写小楷，找回习字的初体验。邢怀章那时练得最多的是明朝书家文徵明的小楷，清秀、淡雅，完全契合他的审美观，一本《离骚经》，他不知临摹了多少遍。他遍访当地名家，有影响的书画展次次不落，眼界为之开阔，书法技艺有了长足进步。

理想很丰满，现实很骨感。他写的字还是没卖出一张，以艺养艺只是个美好愿望。江南物贵，为了生存，他把对物质的需求降到最低。租的房子只有 8 平方米，一床一案而已。早餐不吃，午餐和晚餐经常是一个馒头蘸着辣椒酱吃，"一天 5 块钱就够了"。"穷且益坚，不坠青云之志"，在思想动摇之际，他时常这样勉励自己。

命运的转折是在他 2011 年年底参加的一次爱心义卖上。这次活动，既有书画名家，也有商业大亨，邢怀章是不起眼的小人物，但他的小楷作品展现的韵味引起了许多人的关注。一位企业家主动找到他，愿意以 1000 元买他写的《心经》。他挣得了从艺以来的第一笔真正的酬金。

相比于同龄青年才俊已能搅动一方风云，邢怀章可谓大器晚成。越来越多的人欣赏他的作品，后来，他的一幅作品甚至卖出了 6 位数的高价，身价直逼一线书法家。当年他 1000 元一幅的小楷《心经》，现在的市场价竟然达 2 万元。

正所谓"宝剑匣中藏，尘埋未见光；用心磨快利，锐气倍寻常"，生活稳定下来，他对创作也投入了更大的激情，经常一整天沉浸在古帖、石刻、碑林之中，吸古纳新，多有会意。在书法实践上，他把秦篆汉隶的苍茫高古，摩崖石刻的浑厚霸气，汉砖瓦的稚拙古朴，墓志铭和造像记的天真烂漫融为一体，几番吐纳，又将其慢慢流淌在自己的笔下。

名动书坛“九连贯”

在南京的生活没安稳多长时间，邢怀章又有了更高的理想，到书法圣地——首都北京闯一闯。

此时他已是小有名气的书法家了，引起了圈内人士的关注。一位老评论家为他做了长篇报道，并为他免费提供工作室，他到了北京就可创作。他的老乡、新华社著名记者丁永勋与他接触后，深为他的勤奋与纯粹叹服，为他撰文推介。但是要在高手如云的北京闯出一番天地，没有硬实力是不行的，而这点，邢怀章一直都不欠缺。

2013 年，中国书坛展览较多，邢怀章一口气参加了 9 次国家大展，次次都有作品入围并获奖。“九连贯”的成绩让书坛为之瞩目，一颗耀眼的新星冉冉升起，一时间他被媒体冠以“黑马”之名，而他弃医从书的经历也成为人们津津乐道的话题。

对于自己的创作风格，邢怀章笑称：“一个很老实的人，写字却很不老实。”他别出心裁运用诸体之长，营造缤纷画意，出人意表却又美不胜收。他最具代表性的作品是《留得枯荷听雨声》，作品以汉隶厚重笔法为基础，融入篆书和行书之趣，墨色浓淡干湿变化丰富，以破体散锋入纸，并有超前的时代气息和水墨画意。

达则兼济天下。近两年，在勤研书法之际，邢怀章还成立了“汉游堂·邢怀章”书法艺术基金会。汉游堂是他在北京的斋号，这个基金会的宗旨是大力推广汉字书写艺术，扶持后进，并对社会弱势群体进行帮助。邢怀章说，书道漫长，许多有天赋的年轻人因为经济原因，往往会放弃，当年他自己就差点收笔了，这个基金会将为年轻人实现书法梦提供力所能及的支持。

2020 年，邢怀章 43 岁，对于越老越吃香的书法职业来说，以他的勤奋与天赋，这个年龄意味着无限可能。他将取得怎样的成就，让我们耐心等待吧。